COL

C000212219

Olivier Cadiot

Retour définitif
et durable
de l'être aimé

Gallimard

© *P.O.L éditeur,* 2002.

Né à Paris en 1956, Olivier Cadiot est poète, romancier et dramaturge. Depuis son premier recueil *L'art poétic'* publié chez P.O.L en 1988, il a écrit *Roméo & Juliette I* (1989), *Futur, ancien, fugitif* (1993), *Le colonel des zouaves* (1997), *Retour définitif et durable de l'être aimé* (2002), *Fairy queen* (2002), *Un nid pour quoi faire* (2007).

Lapin fluo

C'est dans la campagne sans lune, noir total, que j'ai vu pour la première fois le lapin fluo, vert intense dans son champ abandonné, menant sa vie, indifférent à l'idée de son étrangeté, dans un halo brûlant, comme quand on ferme les yeux sur le souvenir de quelqu'un, signal dans la nuit noire, petit point.

Sage comme une image.

Plus mangeable ce lapin-là, le contraire du bœuf, ex-vache, viande sur pied dès la naissance, placard de boucherie au ralenti dans les prés, le front bouclé trempé, les yeux noirs exorbités de peur quand on les fait grimper dans le camion.

Ajouter ici une histoire vraie à propos de gens qui aiment leur vache jusqu'à leur tisser des couvertures sur mesure.

C'est loin.

Éleveurs des montagnes, transhumance depuis 1390, étable ✳✳✳✳, fumier bio, sérénade de cloches tous les matins, dans l'album de famille, il n'y a que des vaches, titrées : Rosa, 12ᵉ du nom, ou de petits souvenirs en légende, † en 42.

Des chansons : oh chagrin de vache, etc.

Vaches sacrées des natures mortes, déesses des promeneurs, des tableaux et des enfants, etc., disparues dès qu'elles grimpent dans les camions, magie-boucherie, coup de baguette, bœuf dès qu'on les mange.

Le préfet l'a dit, *pas de chiens ici.*

Par discrétion ? nourriture moderne obligatoirement neutre ? poulet ni poule ni coq ? Il faudrait faire une étude, taureau interdit ?

Oublions.

On leur met des cloches énormes enrubannées et tressées de fleurs le jour J où l'on traverse les villages, direction la montagne, objectif herbe, pareil à la descente, dong-dong, des chansons Spécial Retour d'alpage, oh je pense aux jours d'avant, ohé-ohé, ouverture porte grange, paille-nativité dans le noir, on y est, petite lueur au fond l'hiver, ampoule vacillante, souvenir traditionnel du bucolique sombre hivernal.

Village d'avant de là où nous venons.

Il y a un bruit bizarre au fond, écho total des bruits anciens accumulés, somme des plaintes sur toutes les aspérités des murs, bruit de chocs anciens conservés, gravure dans poussière.

Loin, brûlure, luciole.

C'est là où on devrait pouvoir installer un endroit vivable possible, se faire une chambre dans l'ex-bûcher ou dans la cage de verre de la comptabilité du garage, là où personne n'avait encore dormi, il neige, endroit idéal pour s'en sortir en douceur en transformant les vieilles choses en bien, il neige, hiver en avant comme avant, on chante, oh vaches loin ohé, etc., blues en canon, il neige encore, on est bien.

Un philosophe disait qu'il fallait faire exploser le passé dans le présent, il avait raison.

Construisons.

Percer des fenêtres dans la pièce du bas et boucher celles du haut, espace de toile, lumière filtrée, tous les sons remontent comme guidés par des fils invisibles les mêmes qu'on tend entre deux boîtes de conserve pour inventer le téléphone.

Si on retombe en enfance.

Les jours remontent, poussière en suspension des granges, résumé de petits morts en cendre, milliards de mini ex-vivants qui occupent l'air entre toutes les choses plus grosses, infra-corps, microns d'ailes, peaux de serpents, mues de cigales, myriades d'éphémères brûlées sur ampoule éternelle.

On dirait en raté une grotte baroque où des poissons sont pris dans les plis de l'onde de pierre, nageur de marbre des fontaines, brasse coulée dans le ciment, petite nageuse dans la glace.

Il faudrait faire une étude.

Avant ça, il faudrait surtout mettre un bon coup de blanc, on n'y voit plus rien, les petites mouches mortes collées aux ampoules affaiblissent la lumière, c'est beau et inefficace, éclairage féerique, boîte à rayons pour enfant, boule lumineuse pour mariage à domicile, petit lit bateau embarqué à l'envers dans le noir.

C'est flou.

Un coup de blanc mais pas trop, pas trop de peinture, attention, ou alors ne pas poncer ni enduire avant, pour garder visible le relief de ce qui s'est passé.

Il faudrait faire une étude.

Se documenter, comprendre, rattraper le temps perdu, consulter les bons traités techniques, trouver les bonnes sources, recouper, faire parler des témoins, bien recopier.

Il neige.

Les basses profondes font vibrer les parois, le néon bleu s'imprime sur le blanc, j'ai trop froid ici, ce n'est pas le moment de s'endormir.

Rentrons.

Ajouter ici la même impression que le jour où il faudra aller chercher le vieux sac rempli des dernières affaires portées le jour de la mort de quelqu'un, ouvrir la fermeture éclair : rentrée massive d'air de printemps sur médicaments démodés, dentifrice durci, chaussures fondues dans le temps, chemises rayées sans rayures, effacées par une longue série de rien, jours non vécus.

Barrés.

Comme ces traits gravés sur un arbre par paquets de six, avec un dimanche horizontal, si on est dans une île déserte.

C'est si loin qu'il faudrait un baobab.

Si on croit aux esprits, si l'on croit que les gens s'impriment dans les choses, souvenirs bloqués dans les murs, neutrons dans un peigne, ADN sur une robe, chromosome sur les murs.

Souvenirs dans le bronze.

Si on croit que les sons restent au fond gravés
dans les choses.

Cri dans la cire.

Le lapin fluo, c'est tout le contraire de nos vaches classiques, il est entièrement neuf, poils et moustaches vert fluo, *Green fluorescent*, ça pourrait être un nom de rose.

Réalisé avec amour par un artiste de labo dans son atelier-hôpital, prototype vivant, oreilles clonées et douces, cible idéale dans campagne transparente, gibier 4D pour nouveau chasseur.

Boum.

Modèle capable de prédire l'arrivée du phénomène, comme l'on cherche à détecter à l'avance la charge d'un sous-marin en plongée.

Oiseaux orange, cerfs luminescents, brochets jaune citron, bécasse cadmium, tout ce qui respire caché dans les haies, planqué dans les fossés aussi visible qu'un fugitif à l'infrarouge.

C'est plus pratique pour aller tirer des perdreaux

le dimanche matin, beau temps d'automne, en bande, précédés de deux vieux chiens monomaniaques, accompagné du copain garagiste obèse essoufflé par les ricards, tenue total camouflage, pantalon huilé, canon superposé double choke, chevrotine triple zéro au cas où on voudrait maquiller en accident le meurtre de son voisin pour une histoire de haie mal taillée.

Guerre de Corée contre trois rouges-gorges postés sur le poteau électrique, c'est fini, suffit d'une bonne petite promenade indifférente au milieu du grand zoo dehors pour rapporter son dîner, qu'est-ce qu'on veut ? un petit sanglier ? dans les 200, 250 livres ? sans problème.

Il neige.

Prélèvement maîtrisé, il m'en faut un de 2 ans et demi, non reproducteur, il est bleu outremer chef ! parfait.

Boum et à table.

Joie de Franck, 32 ans, chasseur-écologique nouvelle génération, break diesel banalisé, bracelet de chance brésilien, super-tool à la ceinture, ex-GP, gérant de 3 librairies-crêperies sur le site, propriétaire d'un pylône à palombes, une moyenne de 123 †/an.

Et mangé.

On n'aime pas tuer, ça n'a rien a voir avec tuer, on ne tue pas, on prélève, absolument, contrôle du biotope, baguage de tous les volatiles possibles, j'ai un gps, on peut même suivre les ours, j'ai installé une webcam dans la grotte, destinée aux usagers de la nature bloqués chez eux, hibernage en temps réel, on va vous remettre des loups vert pomme dans le bocage.

Après chasseur, il fera artiste dans la post-campagne, installateur de jardins avec réserve naturelle, ménagerie maison, observatoire à poissons enterré dans l'étang, télescope pour photographier les mouches à 3 km.

C'est dans très bientôt déjà.

Ajouter ici une traditionnelle vue de campagne avec immenses prairies ponctuées de très grands arbres au feuillage fin et dense.

Il faudrait faire une étude.

Une meute de chiens glisse, dans une houle noire et blanche d'aboiements légers pygmées, Kiddi, Kiddam, Kooki, Khôl, Keen-keen, Kaaki, Kook, ça cavale.

À la poursuite d'un renard mauve.

Dans le halo brûlant qu'on se fait au fond des yeux, dans l'autre sens, sur l'écran noir en soi qu'on regarde dans l'autre sens, j'ai vu le lapin fluo, acide dans noir total, faisant ses affaires, comme une étoile sur un champ cosmos, petit goût de fer sur la langue, batterie acide dans les prés.

Il neige.

J'ai froid, un néon bleu s'imprime sur le blanc, blanc, bleu, alternatif, je ne devrais pas rester si longtemps sur ce balcon, il fait trop froid, je vais prendre froid, mais je suis obligé d'être dehors, dedans c'est impossible, je ne tiendrai pas.

À partir de combien en dessous de 0° on meurt ?

Lipides faibles, glucides moyens, une chance sur deux, crac, immunité zéro, il faut que je rentre, je suis trop léger, mes os sont trop fins pour supporter une grande portée de peau, j'ai froid, implique pas assez de graisse protectrice, je suis faible, pas le bon voltage ? 110 ? mes résistances intérieures sont vides.

Si on s'imagine être en partie électrique.

Il neige, ne surtout pas s'endormir, c'est la seule chose interdite, je l'ai lu, sommeil égal coma, un vent de 60 km/h ajoute une sensation de − 20° en plus, etc., *c'est la mort certaine*, on disparaît dans les ondes, adieu.

Si on a décidé de faire l'ascension du K2.

Continuer à penser à des choses sans arrêt, résumé : je suis sur ce balcon pour m'en sortir, je pense au lapin fluo et de là, c'est normal, je pense à la campagne d'avant, et de là je pense à la ville d'avant, et la même chose à l'envers.

C'est compliqué, c'est parfait, on ne s'endort pas.

Imaginer les bons travaux pour une vie idéale, trouver le bon compromis entre le neuf et le vieux, il y a des solutions, il faudrait faire une étude, chauffage au charbon ? type de vêtements ? rester habillé toujours pareil dans toutes les circonstances, comme dans les films où l'on voit les éclairagistes assis pendant le tournage en rang d'oignons sur une poutrelle, habillés en *tous les jours*, casquette, chemise à carreaux, etc., pas de panoplie spécialisée, c'est une première garantie de suspension du temps

Penser au lapin blanc des tableaux anciens posé sur son fond de feuilles fines dentelées individuelles, légèrement agitées par le vent, surface floue du blé neuf, ce qu'on garde en mémoire si on court très vite en regardant fixement les herbes, comme dans l'une des premières photographies où on ne voit personne sur un boulevard, sauf la moitié inférieure du corps de quelqu'un, le pied posé sur la caisse d'un cireur de chaussures, le mouvement des vivants échappant au temps de pause.

Botte immobile.

Comme quand on invente dans l'écran au fond de ses yeux des visages que l'on reconstruit à partir de vagues taches de lumière.

Négatif, positif, et en avant, c'est qui ?

Faire des comparaisons pour ne pas dormir, faire des images, j'ai froid, cerveau gelé, ralenti, ne pas dormir, dans certains livres on voit un animal devenir un homme et inversement, on glisse d'un règne à l'autre, je n'ai pas peur, je glisse.

Vers X.

Fermer les yeux, se souvenir de lui, uranium dans cortex, borne blanche sur forêt noire, lapin fluo, radeau immobile au centre d'un lac, petite ampoule de maison loin.

Je le garde.

Il faut que je lise des études sérieuses, il me faut une vraie nature puisque la ville est passée de l'autre côté.

C'est l'avenir.

Une campagne fabriquée de milliards de petits éléments, feuilles vibrantes dans le vent, surface floue du blé en herbe, sans le son, comme on regarde un champ à la jumelle, pour que les choses restent là où elles sont, sans transport d'onde jusqu'à nous, milliards de petites feuilles bloquées, voilà mon futur espace vert.

Mais qui vivrait dans un tableau ?

Manque ici une vraie nature, c'est important, je l'ai lu *c'est quelque chose, vous savez, la vraie nature,* oh là là, une vraie impression végétale réussie, c'est vrai, la plupart des belles choses se passent dans de beaux cadres, lumière infiniment divisée, carré et losange, robe à pois déployée sous un pommier, l'été, longue pause.

Minute, Papillon.

Une bonne nature, comme on dit de quelqu'un de direct et en bonne santé.

C'est pareil.

Ajoutez ici le début d'un livre qui attaque bille en tête : un baron dans la force de l'âge, appelons-le Édouard, etc., affinités électives, fraîcheur, belle histoire d'amour d'été, capacité à prendre quelqu'un dans les bras de manière éperdue, vita nova, rouler dans les champs, courir la nuit, sensation d'être ici et maintenant, brûlure, quelque chose de direct, un bon début, c'est simple, expéditif, franc du collier, c'est rare, est-ce que les gens à l'époque parlaient vraiment comme ça ?

C'est dans les livres qu'on parle vraiment.

Ambiance arrivée du héros dans le village, ffft-ta-katakata, porte du saloon, un petit froid, pause, double bourbon, laisse-moi la bouteille, pause, qui c'est qui connaîtrait un nommé William ? silence de mort, ça c'est de la discussion.

Je fais un effort fou de compréhension.

On ne sait pas comment parlaient les gens à une époque x, heureusement il y a des méthodes de reconstitution, il suffit de lire un livre qui s'écarte des manières du moment.

C'est rare.

On imagine ensuite le fond, on reconstitue le son en arrière, là où les gens parlent en masse, en vrai, tous ensemble, a cappella, bruits uniques, grincement de chariot, cris par les fenêtres, équilibre entre bruits qui ne reviendront pas et d'autres dont c'est la première sortie publique.

Création mondiale d'*ouh-ouh chérie*.

Appel d'en bas, bout des rues, cris des chambres, le contraire d'un film en costume, c'est plus loin en aval ou en amont, viiiitrier, comme quand on copie un dessin avec une pointe démultipliée par un bras articulé qui retrace sur une autre feuille le contour que vous suivez.

C'est idiot.

Cet appareil ressemble à un vieux transat déglingué sans toile posé sur le côté, ce système oublie que chaque trait s'inscrit dans une chronologie de décisions qui fait un beau dessin, surtout si vous voulez recopier une sculpture avec des plis de robe complexes.

Je fais un effort énorme de compréhension, je devrais mieux me documenter, travailler sur des bases solides, c'est trop tard, j'aurais dû commencer avant.

Dans ce même livre on se retrouve assez vite perdu avec notre baron dans une description étouffante d'une sorte de jardin étroit où une allée en spirale grimpe vers une petite gloriette, genre maison de thé, *il faut que je vous parle*, qui ne domine rien, puisque ce monticule est dans un trou envahi de lierre.

Château sous terre.

On étouffe dans la redingote, le col dur entaille le cou transpirant, la flanelle colle aux jambes, végétal-étouffant, c'est le contraire de ce que je cherche, je ne comprends pas tout très bien, j'ai des pensées retard comme certains médicaments qui agissent longtemps après, on se demande bien ce qu'ils fabriquent avant, dès qu'on les a en soi, en sommeil ?

Belle au bois dormant par voie orale.

Ça fuit de tous les côtés, je ne comprends rien, j'avance, ça fuit, tout est bourré de lierre, un lierre noir humide, plante de fossés, abords marécageux d'abbaye, cresson de douves, odeur de cloître, catacombes remplies d'eau, rires cristallins Pelléas, chanteuses assises autour d'une nappe blanche, faisans, fruits, sorbets, vue fixe de forêts.

Il neige.

J'ai froid, les anciennes choses se mélangent à l'infini aux nouvelles, chaque souvenir se divise en un point qui ouvre une nouvelle porte, rivière à cloche-pied au moment où quelqu'un enlève la prochaine pierre où je vais atterrir.

J'avance.

Il n'y pas de gué comme ceux que traverse obligatoirement le groupe de cavaliers attendu par une bande de Mexicains planqués sur l'autre rive.

Ajouter ici l'idée bien connue *d'après coup* selon laquelle le traumatisme originel n'agit pas immédiatement mais dans un second temps, tout en deux fois, la deuxième en farce ou en lumière, lierre deux fois, éclair deux fois, viiiitrier deux fois.

Vitriiier.

Autrefois, je l'ai lu, on fabriquait des petits cadres de bois montés sur une poignée, genre face-à-main pour promeneur esthète, on se promène et crac, on choisit sa vue, comme avec un appareil photo sans pellicule, un viseur vide, le télescope qu'on se fait avec ses mains repliées en cône, personne ne reverra jamais, ce ciel comme ci cet arbre-là, à la hauteur et à la place où je suis, vert clair sur vert foncé recouvert d'un dégradé de vert.

C'est à moi.

Ajouter l'idée de quelqu'un qui pourrait être ma sœur, grande, pull-over blanc serré à torsades, joue au tennis en fumant, ex-enfant dans adulte pas encore, yeux noirs placés au milieu des arcades à l'endroit pile où vous vous dites : oui c'est exactement là, bouche grande, mobile selon les situations, seins pointus sous polo serré, agitée, turban ?

Ma super-sœur.

Elle dort, elle est constituée d'un grand nombre de cellules, elles-mêmes composées d'une multitude de particules atomiques, elle a l'air immobile, ses particules ne le sont pas, elles vibrent d'un mouvement énorme à une vitesse d'agitation de plusieurs kilomètres par seconde qui maintient sa température dans les limites du vivable, c'est ce qui est écrit, je lis ce qui est écrit, c'est ma spécialité.

C'est la bonne vitesse, au-dessous elle va se refroidir, au-dessus elle brûle.

C'est un beau matin boulevard du Temple, la rue est lavée, les marronniers sont en fleur, les oiseaux font des figures sifflantes sur les façades, quand quelque chose fonce de plus en plus près vers une ligne ou une surface sans jamais les toucher.

C'est ce qui est écrit.

31

En s'avançant à l'infini sans jamais rien toucher, ffft-ffft, c'est maintenant, on rentre dans la zone où tout se divise et s'écarte à l'infini.

Il neige.

On rentre plus près pour être au large, la rue est lavée, les marronniers sont en fleurs blanches, il fait frais, il y a du soleil, la rue est lavée, c'est maintenant.

Je rentre.

Il y a un bruit d'enfer, la fille aux cheveux d'or,
le jeune type en nike argent et costume trois-pièces tergal orange, la galeriste neurasthénique
prématurément vieillie en tailleur, la Japonaise
sur-habillée et soumise essayent de communi-
quer par gestes sur un canapé défoncé.

Faux loft babylonien avec lampes d'atelier,
neige dehors sous néons bleus, monte-charge
dans cage argent, parquet repeint gris souris,
piste souple, avec des éclats de la peinture précédente rouge, et même à un endroit oublié ?
vert.

Je glisse.

Moi j'écris sur ma b..., vision subjective, et vous ?
demande le dandy en trois-pièces orange nez
pointu.

Bee ?

B, i, t, e.

Ah et moi je suis photographe, répond émer-
veillée la Japonaise, macro viande/poisson, ciba
4×3, mouche à damier c'est kamikaze II qui attaque cadavre, hi-hi, elle fait la mouche, vrr, en
agitant sa tenue en plissé noir, rire, vrrr, miam-
miam, rire interminable, dépliant ses bras.

Vrrrr.

Elle a raison : huit stades de fermentation re-
poussent et attirent sélectivement une série de
bêtes différentes, attirées dès la fin des derniers
instants par l'odeur des orifices encore frais du
mort, ça va vite.

Je vais me faire au moins 300 plaques, poursuit
l'orange, j'ai 18 % de droits, il y a un moment
où ils te le proposent d'eux-mêmes. Ça les éclate
de dire qu'ils se sont fait baiser, ah la petite sa-
lope de *** j'ai dû la mettre à 18, c'est écrit vite
fait bien fait, c'est absolument anti-profession-
nel, c'est pour ça que ça va marcher, no-style,
c'est que du cul écrit genre rédaction de 4e, ça
le fait à maximum, autofiction totale, c'est du
cul-société avec un triple viol par le père psy ex-
prêtre, du point de vue de la femme, sur un ton
naturel, c'est un vrai miroir du collectif, on évite
le sans-public, aucune envie d'aller dans le mur,

plus c'est dur, plus c'est cool, absolument, aujourd'hui il est plus novateur de regarder à nouveau l'étrange société dans laquelle on vit plutôt que de chercher à créer des formes avant-gardistes, absolument répète la Japonaise, fascinée, vrrr.

Pareil pour la photo, c'est pareil.

Je glisse, je bouge sans cesse, ils croient que je danse, j'esquive, jeu de jambes infime, ffft-fft, déplacement, droite, hop, glisser, hop, c'est mon sport, en avant, je m'appuie sur les basses profondes au fond de la musique.

Je glisse.

On dirait du Schumann derrière ? des embryons de piano, des débuts de romance sans paroles remixée avec des bruits de tronçonneuse ou le son sourd d'une clouteuse qui traverse une planche de chêne toutes les deux secondes, la musique avance, petits modules tendres en travaux, cinq bluettes sur dynamite obligée, une mélodie sort, ça se danse, sonate pour Travaux publics, je glisse, je suis dans le rythme, j'esquive chaque phrase en me couvrant, corps ramassé, respiration rapide, ouf-ouf, esquive, hop.

Je glisse.

Ça c'est la belle-sœur par alliance de la femme de Rauschenberg, hurle à mon oreille un homme assez âgé par rapport aux autres, qui avait fondu sur moi *même si je me croyais protégé derrière ce pilier*, s'approchant anormalement près de mon visage, accent allemand, main molle et transpirante.

Je glisse.

Hallo, j'ai la fièvre, je suis venu quand même, j'adore Machine, prononcez Ma-ki-neu, la grande toute maigre là, c'est un monstre, vas-y de ma part, c'est du super, dis-lui que je suis d'accord, 100/E, E, ça vous dit quelque chose ? Et F, vous connaissez ? il se colle à mon visage en m'attrapant par les épaules, j'ai une grippe énorme ou la tique du daim, Lyme desise, Lyme, Connecticut ? New Jersey ?, maladie chic ah-ah, le virus a le nom de la ville où il est apparu, pas mal, non ? La tique. elle vous tombe d'un arbre et clic s'enfonce en vous pour vous pomper le sang, ça fatigue, ça doit être ça ce que j'ai attrapé, il se détourne une seconde comme pour cacher une larme possible, je vais te le dire moi le nom de la ville où on habite, ha-ha, il hurle, Nibard-City, fixant une petite femme en jaune citron à l'autre bout du loft, plissant les yeux pour faire le point sur sa robe rayée, Nichon-DC, downtown, je te garantis que c'est la jungle, ah-ah, il rit tout seul en parlant, moi j'dis qu'ici c'est du gros, c'est du solide, du frisé, essayant

d'imiter un acteur français d'après-guerre en do-
delinant de la tête, registre paysan rusé à la ville,
caïd zen de la casbah, lui, il savait jouer, hein ?
il en avait une paire, c'est pas la série de petits
collabos de chez vous dont vous avez l'habitude,
les petites choupettes romantiques crevardes ti-
rées à quatre épingles, hein ? les petits Pierre
Fresnay à la voix de canard, Geneviève Mormoi-
leneu *De la Comédie-Française*, en français dans le
texte.

Il va me détruire, il va me tuer s'il continue, il
parle vraiment trop, il faut que je m'en sorte rapidement, il faut que je retourne sur le balcon
sous un prétexte quelconque, il faut que je file.

Maintenant.

Je glisse, je me décale de 6 mètres de côté, je
cours 7 foulées, d'abord en ligne droite puis en
courbe, penché comme une moto dans un virage de circuit, impulsion maximum, je saute, je
saute au-dessus de lui, quand on est dans l'air il
faut continuer à pousser vers le haut, c'est le
plus dur.

Je perds un temps fantastique, je ne devrais pas, c'est une erreur, j'écoute trop, j'ai collaboré à la conversation par des hochements de tête spasmodiques, des signes de vas-y continue, des petits grognements d'approbation, des oui-oui d'esclave, ils pensent que je suis avec eux, c'est une erreur, c'est ma faute, je n'aurais pas dû, je ne devrais pas, il y a de la **** dans le jus d'orange, ils m'ont drogué, c'est sûr, ce n'est pas possible autrement.

Je suis dans l'air.

Je comprends de nouvelles choses à vitesse V, quelqu'un disait, sérieusement, donnez-moi une heure et j'apprends à n'importe qui à jouer du piano.

C'est tentant.

Pour ne pas s'endormir il y a une méthode imparable, éviter de se faire embarquer dans une seule histoire, danger, on ferme les yeux et il n'y a désespérément qu'un seul chemin qui s'enfonce tout seul dans la forêt obscure, on file vers le fond, aspiré direction fée, point brillant au fond, nocturne à sens unique, fin de l'affaire.

Pareil pour mes travaux futurs, il faut que chaque couche d'impression soit suffisamment sèche pour autoriser la suivante, paroi de cire des souvenirs, si on s'imagine le cerveau comme une ruche, un labyrinthe de feuillage, on peut naviguer entre les murs souples, ergonomiques, ventilés, doux, je nage.

Je suis dans l'air.

Je danse, ils croient que je danse, je dissimule mes efforts, j'esquisse des petits pas, je dodeline de la tête à contre-rythme, j'indique que je m'appuie sur la vraie structure intérieure de la musique, avec la désinvolture que seule permet une énorme technique, des touts petits gestes.

Je suis dans l'air.

Deer desise, my dear desise, ha-ha, *intraduisible*, oh mon cher Virus, oh-oh, une voix brusquement dans mon dos.

Il m'a rattrapé.

Ça me fait penser à chose, là, oui, vous savez, le film, qu'ils ont traduit par Voyage au bout de l'enfer, titre idiot, il parle en riant en me tenant par le revers de ma veste, ah-ah, halètement, avec des montées en quasi-ut, c'est idiot, ce titre loupe toute une partie du film, justement la chasse au daim où le gars, revenu du Vietnam, décide au dernier moment de ne pas descendre l'animal qui le fixe dans un plan magnifique de montagne, dix cors sur découverte de ciel, c'est beau, avec la figure du frère bloqué là-bas, ambiance paillote, mah-jong, passerelles, trappes, jonques dans le noir, follow me hi hi, il mime un travelling terminé par une grue, porte-voix du réalisateur hurlant : action.

Il s'arrête comme s'il allait pleurer.

Scène de fin formidable où (…) comment il s'appelle déjà ? l'un des deux, celui qui revient, dit à l'autre, il lui dit euh (…) il le fait bien : come on, it's me, etc., l'autre est défoncé complètement, c'est fort, il le regarde et il dit euh (…) au moment de la roulette russe, it's me, man, it's me, il le reconnaît juste une seconde trop tard, et bam il se fait sauter le caisson, l'autre revient chez lui en uniforme noir, dans une forme moyenne, mélancolie spéciale dans les yeux, Purple Heart, etc., c'est pas comme ça que j'irais vendre un scénario, le bon pitch, eh oui comme au base-ball, absolument, le pitch, vous avez 5 minutes pour raconter l'histoire.

En 5 secondes, un bon pitch fout en l'air la journée de celui qui l'entend, une idée tellement simple et originale qu'elle peut se dire en une seule phrase : un homme veut une femme mais un maléfice l'en empêche, une mère découvre que sa fille de huit ans est une criminelle récidiviste, une jeune femme qui a reçu un manteau de vison sur la tête lors d'une dispute conjugale est prise pour une milliardaire, etc., emballez c'est pesé.

Vendu.

Il s'écroule sur le canapé écrasant la moitié de la Japonaise après m'avoir fait un uchi-mata, jet de jambe, rotation, regard vers l'arrière, hop, je suis dans l'air, terminé d'un hon-gesa-gatame prévu pour étouffer en 3 mn.

Si on oublie qu'on est dans un sport de combat.

J'invente mes blagues, il continue au fond de mon oreille, il n'y a plus que ça qui m'amuse, je me suis toujours demandé qui inventait les blagues, il faut bien quelqu'un au départ hein, même si quelqu'un l'invente en même temps en Patagonie, les inventions c'est comme ça, regardez la roue, la poudre, n'importe quoi.

J'étouffe.

On entend une pièce pour orgue de Barbarie de Jean Guillou, par Jean Guillou, remixée avec des petits cris d'éléphants, des phacochères sous l'eau ? baleine à l'autre bout de l'Atlantique ? basses profondes et effet jungle.

Friselis de cymbales et caisse claire.

Lyme.

Harry Lime, Henri Citron, il se colle à mon oreille avec ses mains en porte-voix : Ci-tron, *en français dans le texte,* Citron, c'est moins chic, hein, surtout si on veut jouer le troisième homme dans un film alors qu'on est déjà un grand cinéaste encore jeune, un vrai film sur du vrai réel avec des vrais conseillers du MI5, il se lève et danse : em'-iiii-faïve, em'-iiii-faïve, em'-iiii- faïve, em'-iiii- faïve, claquant les doigts en rythme.

Em'-iiii- faïve.

À la fin on disait qu'il était ruiné, tu parles, le Orson, il s'envoyait une boîte de Hoyo double corona par jour, ça c'est du héros, il hurle en dansant, j'ai vu un film sur sa dernière maison abandonnée, c'est incroyable, on voit une série de cuvettes de chiottes grand format, sur-mesures, incroyable, qui aurait le droit de faire ça aujourd'hui ? il faudrait hypnotiser un plombier, il va éternuer (...) il va éternuer.

Il me soulève et me fait danser le rock.

Moi je me suis mis une webcam au fond de la cuvette, avec un petit retour écran encastré, glapit par-dessus son épaule le dandy orange, comme doit parler un diable éjecté de sa boîte.

Se place dans la ronde une fille très grosse en robe noire en laine.

Il faudrait s'interroger, hurle-t-il, essoufflé, en dansant, s'interroger sur, ah-ah, souffle, sur ? souffle, sur comment et pourquoi des gens foutent un bordel inimaginable chez eux, comment ? il s'arrête de danser net, me regardant les yeux fixes, comment des gens qui auraient un château, une villa énorme en indivision, viendraient patiemment, tour à tour, arracher les papiers peints, déchirer les tapis, méthodique punk, chacun pensant que puisqu'elle n'appartenait plus à personne elle finirait bien par lui revenir au finish.

Après en avoir bien dégoûté tout le monde.

Une maison magnifique accrochée à la falaise avec un jardin en contrebas, on termine le film avec un très long mouvement circulaire qui fait tomber lentement le soir en temps réel sur un dîner dehors, table dans les herbes hautes, fauteuils bringuebalants du salon dans la prairie, vin blanc dans des carafes, chapeau de paille, nuit qui tombe, etc., la vraie vie se finit en procès entre frères, etc.

Manque la fin.

C'est trop compliqué, personne ne mettrait un dollar sur un scénario pareil, je, ah, il va éternuer, une ville qui a un nom de virus, formidable, j'habite à Staphylocoque, Poitou, il a la tête en arrière les yeux plissés, tout rouge comme un bébé de deux heures, transpiration maximum, il va éternuer, il va éternuer.

(...)

Suspense, l'autre en orange en profite pour attaquer : avec le petit délai son/image c'est sublime, je sample et en avant, ça fait comme des scratchs de disque rayé, et puis j'ai évolué, à partir de maintenant en promo je ne me déplace qu'en costume robot, et pour me photographier, alors là tintin, dit-il, s'accoudant avec moi à la fenêtre devant un paysage annulé par trois mètres de neige, si on faisait la chenille ambiance communion ? allez les gars, en piste.

(...)

Je me réduis, je rentre lentement la tête dans les épaules, je diminue les jambes, recroquevillage pieds, plissement visage, je me replie, chaque pli contient un autre pli, je deviens plus petit comme je l'ai déjà fait, je m'évade de la mêlée, comme on sort dans un rapide plongeon.

(...)

Le ballon file au ralenti vers une autre histoire.

Matin ?

Matin déjà ? ça va vite, neige, retour balcon,
neige en bleu adorable, je l'ai lu, balcon, rien,
quelques secondes de rien, calme, je chante intérieurement : oh bleu au ralenti, carbone, etc.,
matin-matin, oh matin, cinq bleu par seconde-
pulsation-néon, je sais chanter, matin/matin/
oh/en/bleu/bleu/adorable, ne pas s'endormir.

On s'en sort.

Comment chanter ça avec le ton convaincant intérieur suffisant pour annuler les bruits exté-
rieurs, c'est délicat, fonction paravent, comme
sur les autoroutes les murs antibruit en plastique, il faudrait faire du sport en même temps
pour augmenter le souffle, et la souplesse, je vais
devenir un grand chanteur, bleu-eu ado-rable-
bleu-eu, je sais le faire, je l'ai déjà fait, je chante
à l'intérieur de moi la chanson témoin, comme
on visite le pavillon de démonstration à l'entrée
d'un village futur, la petite chanson au fond.

Bleu-eu-e.

Il faut se lancer, il y a une méthode : savoir exactement ce qu'on fait et uniquement ce qu'on est
en train de faire avant de le faire, sans interfé-
rence mentale, et ensuite le faire tout simplement.

J'ajoute que, dans une autre partie de ma vie, je
me suis trompé complètement, j'avoue, je regrette, je croyais que collectionner des choses
suffisait, comme on dispose des souvenirs corpo-
rels dans une vitrine, mèche de cheveux, lacets,
carnet de bal, cartons d'invitation, fleur séchée,
habit sur mannequin de bois, étiquette épinglée
sur carré de tissu : *ce rideau a été touché par Napo-
léon à Fontainebleau.*

Je regrette.

Je suis Robinson, c'est moi, je suis accoudé à la
fenêtre, c'est maintenant, la neige est bleue à
cause du néon bleu, mes deux coudes sont posés
sur le froid du fer forgé du balcon, il y a trois
griffons entrelacés à un souvenir de plante en
métal, je suis Robinson, je me suis retrouvé, c'est
moi, je suis une vraie personne, je fais le point
sur mon âme, j'ai un nom propre, j'habite ici,
c'est chez moi, je suis dans une ville, je suis heureux, je suis central, le balcon est à exactement
0°, il neige, la neige est bleue, c'est ici, j'y suis j'y

reste, c'est le temps exact de vie qui dure le temps où je suis, c'est la durée de ce que je dis qui découpe le moment où je suis là, c'est moi, l'intérieur de moi correspond exactement à l'extérieur, je suis là où je suis, c'est celui qui dit qui l'est, j'existe, je pose mes mains sur la plante de fer, c'est maintenant.

À une époque précédente, j'avais une vie très proche de la nature, par nécessité, installé dans une cabane faite main, après avoir réglé l'essentiel, j'aurais dû m'arrêter, j'ai continué comme un canard sans tête.

J'aurais dû prendre des vacances.

J'avais la maladie de la comparaison, par exemple, pour me détendre, je courais en zigzag, le corps cassé en deux en rasant une série de massifs d'arbres fleuris, en annonçant la couleur à chaque fois comme au billard, entre des massifs monochromes taillés en boule, beaucoup de travail pour pas grand-chose.

J'avais du temps à perdre.

Ajouter ici l'idée répandue que de grandes décisions se négocient au billard : Max a déconné avec Taiwan, rouge, il faudra s'arranger avec lui, bleu, on va l'emmener en balade en forêt, jaune, prendre un bon bol d'air, noire.

Une série de projets à dormir debout.

Ou je photographiais le passage plus clair dans l'herbe, ligne faite en marchant, ou je voulais re-faire des morceaux de rivière en peinture, ri-vière rectangle accrochés au mur, morceaux d'eau dans le courant, herbes vert cru ondulan-tes, je croyais que tout était dans tout, résultat sans intérêt, ça ne marche pas, c'est une erreur, je regrette.

Le sport, c'est mieux.

Exemple je saute, je visualise mon saut de A à Z, je suis en bout de piste, je me concentre, je me vois sauter, je saute, je passe, je me suis vu passer, j'enchaîne, il n'y a plus qu'à sauter, je saute, je suis sur mon terrain, je suis dans l'air, pas de bruit, temps-neige.

Il y a quelqu'un d'allongé sous l'eau, hou-hou ?

Elle m'a parlé.

Elle m'a dit quelque chose en dansant, au milieu du bruit, j'en suis sûr, on dirait qu'elle me parle, je suis sûr qu'elle m'a parlé.

Cheveux d'or.

On dirait une statue, les plis de sa robe au ralenti sont en pierre, elle nage dans l'air, elle est loin.

On dirait qu'elle nage.

Elle veut certainement me dire quelque chose, elle le dit sans voix, en articulant les mots lentement, exagérant le mouvement des lèvres, mimant les voyelles, oh, ah, hi, les yeux agrandis.

Je ne comprends pas les mots, c'est à moi qu'elle parle, c'est sûr, mais pas à la bonne vitesse, étiré, grave, trop lent, sombre, elle écarquille les yeux

51

en hochant la tête pour me dire oui, elle articule oui pour moi, c'est pour moi, je l'enlace, je la soulève, je la déplace, je la prends, je la porte, je respire l'air qui sort de sa bouche, je lui embrasse le ventre, ton ventre est une bouche, etc.

Elle me parle.

Il y a un bruit d'enfer.

Ça recommence, deux filles, presque jumelles, chantent ensemble les paroles de la chanson culte, absorbées, les yeux fixes, comme récitant la leçon dans une cabine de langue, on est belles, l'hymne que l'on articule sur un podium, une prière en pensant à autre chose : faites que je sois la plus belle, etc., yeah, deux saintes heureuses de connaître les paroles par cœur : one-more-ti-me, avec le son de canard d'un vocodeur, ouin'mor'taï-m'.

Je glisse.

Si on s'aaaaattaquait quelque chose de séééééérieux, hurle par-dessus le duo un petit être rasé en pull-over faux tricoté-main, un truc sérieux, 70 œufs dans la marmite, 1 kg de beurre, je tourne lentement mon grand bâton, sel-poivre, à table.

Je glisse.

Je m'approche discrètement des deux nymphettes jumelles en caraco noir mou, tongs dorées qui chantent à l'unisson le thème central qu'un petit homme silencieux, préposé à la musique, relance du doigt.

Elles récitent en marmonnant très vite à deux voix décalées une sorte de poème : en 1995, nike avait mis au point la rift pour des coureurs kenyans/maintenant elle est à nous, yeah/ pause/maintenant elle est à nous (*bis*), chez prada on réhabilite le nylon/grâce aux cordons, aux lacets, au scratch qui ornent des pantalons d'escrimeur/et pour une allure encore plus high, pour une allure encore plus high des aérateurs sont greffés sous les aisselles/pause/le laser découpe des trous/coda en canon à trois voix/sur le tissu des jupes/des balles de golf sont imprimées/tout ça par ordinateur/yeah.

Comme deux chanteuses eskimos qui font un concours de respiration traditionnel.

Ça s'accélère, le son monte, *un certain Lester survit de façon providentielle à trois avalanches*, psalmodie par-dessus le chœur avec une voix de contralto exagérée, une très grande femme en turban à un maigre en chemise bariolée, patte d'éph' et peut-être perruque ? Je filme la survie dans cette sorte d'igloo, ambiance Belle et Sébastien, tous les acteurs sont en peau de chien avec des tonnelets de rhum.

Mauvais pitch, tonne le cinéphile allemand amnésique grippé que je croyais disparu, zéro, dehors, virez-moi cette conne.

Tous les acteurs sont en peau de chien avec des tonnelets de rhum, poursuit-elle impassible, les yeux blancs, elle a des sortes de pommettes sur le front comme si elle avait été opérée par le Dr Jekyll en personne, j'ai rencontré trois filles formidables, poursuit-elle de plus en plus fort, trois extra-chicks, les quatre filles du Dr March, en hyper-crade, on expose une chambre en désordre, monstre-nounours en latex, placard à vêtements, j'ai monté en fond un mélange électro-folk-punk-arty, c'est extrêmement cool, on a aussi en magasin notre projet de déportation des animaux domestiques, elle me tend un carton vert pomme avec des grosses lettres rouges, nom de code : Haut les mains peau de lapin, la maîtresse en maillot de bain, je crois que je vais le garder en titre, elle hésite en regardant par terre. J'aime uniquement les animaux qu'on ne peut pas toucher, faudra venir à la party-action chez ***, là, on projette la scène militante où Marilyn, en larmes, supplie qu'on relâche un mustang capturé en dehors des règles de l'Ouest par ses compagnons, vous vous souvenez, elle se retrouve tirée en arrière, toute petite, en larmes petit point blanc sur fond désert de sel, on se refait en boucle le plan de cette fuite en arrière.

Bande-son saillie étalon.

One-more-ti-me, ils chantent tous, dans tous les coins, ça s'accélère : chœur généralisé, on dirait l'Armée rouge, ils ne vont jamais s'arrêter, il y en a partout.

L'Armée rouge.

Des têtes sortent des placards, deux se balancent accrochés aux lustres, un type chante sous le tapis.

Ouin'mor'taï-m'.

Il faudrait que ça s'arrête là maintenant, ok kids relax, pause, une heure de déjeuner et on reprend, super, dis donc toi, oui toi, reste deux secondes, où c'est qu't'as appris à chanter ? chez les bonnes sœurs ? faut y aller mon petit lapin, hein, tape sur la fesse, allez file.

Si on est dans une comédie musicale.

Un homme de taille moyenne habillé d'un curieux costume beige à rayures, avec une perruque châtain clair, cravate pétrole, les yeux fixes, lunettes rectangulaires allongées type Peter Sellers, explique, avec la voix calme et profonde, ponctuée de rires exagérément heureux, qu'il a travaillé en 1971 avec Bob Richarbson? Richarzon? Bigarson? O'Binson? en arpentant un grand couloir qui ne mène nulle part.

Prenant le type orange par le bras.

Quand son fils, Max, est venu à Londres, il est passé me voir, et je l'ai publié, absolument, Craing était l'assistant de Nock Knoght, Tallman est venu à une fête d'i-D alors qu'il était étudiant, j'ai été impressionné par son énergie, l'énergie est ce que je recherche au départ, absolument, absolument, je veux d'ailleurs encore plus voir les photographes que leurs images, j'écoute aussi mon fils, Met, et ma fille, Koyote, qui ont grandi dans les magazines et qui sont photographes maintenant, eh oui, l'énergie est ce que je recherche au départ, absolument, vous savez les étudiants et les chômeurs ont autant de place chez nous que Madonna, absolument, je n'aime que la pop anglaise au fond, après c'est des bourrins, de la supermerde.

Il s'écroule dans le canapé à côté de la Japonaise qui s'est endormie comme un oursin sur la glace, et si on se faisait une bonne petite pièce de théâtre maison ? on s'emmerde à mort ici.

Soulevant sa perruque.

Comme disait un philosophe : nous sommes la première génération sans Stimmung, pas de feeling pour le superréel comme nos ancêtres chamaniques, il n'avait pas tort, allez on se fait une petite pièce : elle, montrant la Japonaise, dans le rôle-titre, en Jeanne d'Arc, le boche barbu fera le Roi Arthur, vous, me regardant brusquement, vous me faites des bruits de forêt, allez zou.

On va s'amuser.

Moi je ferais la scène du flic qui se branle sous la pluie en regardant deux filles par la vitre d'une voiture qui miment une pipe les yeux fermés, un truc de chevalier moderne, il fait des bruits de cuirasse en faisant tomber des pièces dans une casserole en inox, se met un torchon autour de la tête : te voilà beau, cousin, pouh-

pouh, il fait la trompette, à long col, et l'écusson armorié qui y pend.

Pouh-pouh.

Par Dieu tout-puissant mon doux frère, qui est donc cette princesse ? c'est une fille qu'on fait brûler, il renverse un verre de cognac et allume la jupe plissée de la Japonaise.

Il neige.

Un petit teckel s'arrête au beau milieu de l'espace et fait sortir de son anus fripé une crotte marron clair, elle se dépose lentement sur le carrelage en spirale, stupéfaction générale.

Sauvé ?

On va faire évacuer la salle ? Non, encore lui, venez là deux minutes, on va parler, si si, vous avez vu le film ? de ? crie le cinéphile allemand, qui s'était vraisemblablement caché derrière ce fauteuil, il bondit sur moi et me fait une clé au cou, ah je n'ai pas la mémoire des noms, un Chinois, si si, et il me reprojette sur le canapé comme un présumé coupable est balancé à l'arrière d'un panier à salade.

(...)

Ce truc de poisson ça me fait des renvois terribles pire que le chou cru, nicht gut, ach, les dangers du métier, botulisme, salmonelle, cannibalisme sans le savoir, c'est comme le faux crabe qu'ils font maintenant, on va finir par faire des glaces parfum rognons, avant cinéma je faisais critique gastro pour un quotidien du médecin, ah-ah, excellent, gastro, ah-ah, deux trois magnums de moselle bien frais, un petit coup de salami pour tapisser, une paire de francfort pour l'énergie, et en avant, ç' a été le régime de mon grand-oncle, un type en or, ç' a été le Grand Entraîneur, le top, c'est pas grave, ça va me revenir le nom de ce putain de Chinois, c'est bien, c'est très bien, très bon film, j'ai écrit dans un de mes meilleurs articles à l'époque que c'était un film violent et déséquilibré, j'aime bien le balancement de la phrase, eh bien ce film il nous ramène au début de la carrière de notre ami Machinzuki ? Trukzen-hô ? comment il s'appelait ce nom de Dieu de Chinois, j'ai un de ces mal au cœur.

Il pèse de tout son poids sur moi.

En tout cas c'est formidable, Yamamoto quitte Tokyo-centre après la mort de son chef et retrouve son demi-frère à L.A., là il rencontre les copains de Denny, un jeune Noir dont il devient l'ami intime après tout de même lui avoir pratiquement crevé un œil, excusez-moi, je suis émotif à force d'être confronté à des choses magnifiques, la vraie fraternité n'épousant pas les contours dessinés par les liens familiaux, mais plutôt certaines affinités dans la perception des codes d'honneur.

Pause.

Même si un personnage féminin à la fantaisie fabriquée reste trop décoratif, c'est formidable, aïe, aïe mal au cœur, ça doit être cette saloperie de crabe.

Aïe.

Je n'ai pas aimé non plus la scène d'autoroute déserte, sinon c'est vraiment bien, celle du basket en chambre est fantastique, gémit-il en me serrant le bras très fort, je ne sais pas pourquoi, mais ça me fait penser à des gens de ma famille, tenez j'ai une photo amusante, si si regardez, non ? hein ? et c'est qui là ? eh oui c'est moi, c'est fou, on se ressemble, hein ? tous pareils ? il y a pas mal de barbus, dites donc vous avez l'air fatigué, vraiment fatigué, vous êtes blanc comme un linge, il faudrait aller voir quelqu'un, il ne faut pas attendre, faites-moi plaisir allez-y, vous couvez une saloperie, ça se voit, c'est comme le nez au milieu de la figure, j'ai les bonnes adresses.

Il neige.

Il a gagné, j'écoute, j'écoute tout ce qu'il dit, je n'en ai plus pour longtemps, je bois ses paroles, la seule manière d'échapper à ces gens serait de rester sur ce balcon ad vitam, s'accrocher à la façade avec un bivouac d'alpiniste, vivres pour 3 mois, couverture de survie, boîte de conserve qui chauffe toute seule dès qu'on tire la languette, ne plus jamais redescendre.

Je n'aurais pas dû mettre un habit, c'est une erreur, je dois repenser l'habillement, je ne suis pas assez souple, le plastron m'interdit de respirer à fond, les chaussures trop bien ajustées ne me donnent pas la couche d'air élastique qu'il y a aujourd'hui dans les chaussures modernes.

Manquent les crampons en métal qui permettent de rester accroché calmement sur un mur.

Le camélia à ma boutonnière est énorme et son odeur aussi.

Je suis resté beaucoup trop longtemps sur ce canapé avec ce dingue, paroles stockées pour l'éternité, ce ne sont pas des points sur une ligne que je pourrais effacer ou interrompre, ce sont des lettres en boule qu'on vous fait avaler de force, des mots pliés, des grottes, des trous, des replis d'un tissu dont je ne peux plus démêler l'envers de l'endroit, si tissu peut se dire d'une masse de chair en mouvement.

Essayons de rassembler ces **** pour les enterrer, tout mettre en tas pour les annuler en vitesse, un résumé pour les détruire d'un coup, comme quand on revit en accéléré le film de sa vie juste avant de mourir.

Un millefeuille s'écrase dans mon cerveau.

On verra plus tard qu'il faudra faire l'équivalent avec les choses aimées, un monument qui grandira.

On s'en occupe à plein temps, on travaille, on ramène des tas de choses trouvées à l'extérieur, on les colle, il faudra acheter l'appartement du dessus et percer un trou dans le plafond pour continuer, ça augmente, musée sonore d'êtres aimés, catalogue de paroles dans l'air, c'est si loin qu'il faudrait un baobab.

Un monument au mort maison.

Le ciel vide occupant tout comme l'eau pèse également sur tous les points de la surface d'une peau de plongeur, je suis sous vide, j'ai le cerveau au ralenti, je suis un poisson dévitalisé.

Capital, ajouter ici une sensation de poisson qui traîne dans l'aquarium en panne d'une maison plongée dans le noir, décor de tournage abandonné, studio fantôme, je n'ai plus de pression, arêtes sous peau transparente, on voit mes organes en marche, village de parc d'attraction, fossile en mouvement, bras mort, voiture hermétique sur autoroute obscure, je traîne dans l'aquarium en panne, mousses en suspension, cheveux gras, mégots.

Carpe molle.

Je regarde les rouages infinis de mes liquides, je me perds dans mes branches, veines démultipliées direction le ciel.

Bras mort.

Je suis une maladie coincée sous verre, carpe molle, barbotant dans son eau visqueuse.

Mousse, mégots, oxygène zéro.

Manque ici elle, grande, pull-over blanc serré à
torsades, joue au tennis en fumant, ex-enfant
dans adulte pas encore, yeux noirs placés au milieu des arcades à l'endroit pile où vous vous dites : oui c'est exactement là.

Bouche grande, mobile selon les situations, seins
pointus sous polo serré, agitée.

(...)

Turban ?

(...)

Vibrations.

(...)

Dis quelque chose maintenant.

(...)

Ici.

(...)

J'ai changé d'ange en changeant d'années, disait un écrivain, je lui dis ça, avec le ton, léger vibrato sur les *an*, c'est beau.

(...)

Ma mère est un poisson, je poursuis, j'explique, je fais des efforts énormes pour elle.

(...)

Ça ne l'intéresse pas.

Maladie Robinson + syndrome de Stockholm, c'est juste des images, docteur, premièrement, Robinson c'est parce que je n'ai pas d'idée adéquates, pensées en pièces détachées, mais cette fois-ci il n'y a pas d'île, ni de caisses retrouvées sur la plage avec tout dedans pour tout refaire.

C'est irréparable, docteur.

Je mime la scène, debout sur la table, en montrant que dans ces caisses, il n'y a rien, muet accéléré, désespoir, levant les bras au ciel, terminé les doubles sauts périlleux en arrière, je n'ai pas d'île, je n'en ai jamais eu, c'est de l'invention pure, je regrette, c'est terminé tout ça, je ne fais pas de petites balades avec perroquet sur l'épaule et parasol en peau de chèvre.

La musique est toujours dans la maison, mais la maison a changé, je l'ai lu, je voudrais bien lui expliquer ça, ce sera pour plus tard.

Deuxièmement, Stockholm, le syndrome, il y a des études très fouillées là-dessus, c'est l'histoire des otages qui finissent par marcher avec les pirates, pour peu qu'ils aient des idées nouvelles, une rage particulière et une certaine beauté, je suis otage passé à l'ennemi, je suis conquis par les paroles des autres, ffft, je disparais, avalé, disparu, terminé, c'est problématique, tout devient affecté d'une puissance énorme, comme un neutron de trop, accroché au mauvais endroit, fait exploser la matière, c'est la goutte d'eau, etc., puissance minuscule maladie, peu^{peur}, etc., je lui dis ça, le plus vite possible en espérant que le côté mathématique et sérieux de la formule lui fasse admettre et peut-être admirer ma santé, mon intelligence normale, mon équilibre, mon désir de survie, mon exigence de justice, mon niveau d'émotions humaines normal, ma volonté de m'en sortir par de vraies lectures, crayon en main, d'auteurs importants, mon idéal de modification dans le bon sens de tout ce qui va se passer, mon algorithme de vie.

Pas de réponse du docteur barbu.

Je fais des études et ça ira mieux après, je suis un peu en perte de vitesse ces derniers temps, j'avoue, j'ai trop parlé ? vous trouvez que je me suis bizarrement comporté chez ces gens ? ils ont voulu me torturer, absolument, je peux le prouver, alors que je me suis mis en quatre toute ma vie.

Silence.

Il y a un effet de serre général, je change de sujet pour voir, ça pèse cette absence de lumière et de contour quand même, non ? ce gris perpétuel, ça tape sur le système, non ? je ne fais absolument pas le malin, je lui dis ça pour de bonnes raisons, il fait moins beau qu'autrefois quand même, non ? vous trouvez que je suis météo-dépendant ?

Yeux de hibou mort.

C'est seulement à travers le prisme déformant de l'imagination que le sujet, exposé à une division, perçoit l'objet de son désir, il faut quand même qu'une reconnaissance soit possible, cela suppose que quelqu'un, là c'est moi, se charge de représenter cet écart où prend assise le symptôme, donc si je ne vous parle pas c'est pour votre bien, de manière privée, en fait, je vous aime beaucoup, je vous l'ai caché jusqu'ici uniquement pour votre bien, je vous aime.

Voilà ce qu'il aurait dû me dire au seuil de sa porte capitonnée.

Il ne l'a pas fait.

La jungle qui part d'un coup, la colline à jaguar, oh j'ai peur, dévalant l'escalier, peur, marches tapis rouge intense, 4ᵉ étage, peur.

Torchère, tout en bas, spirale de lumière à grande vitesse l'eau devient aussi dure que le ciment, dure dure cage d'escalier à vitraux sur cour, capitonné pour étouffer les bruits, 3ᵉ, maman, morte morte, maman maman, 2ᵉ, plus vite, je glisse sur la rampe, spirale, c'est une statue de pierre qui tient la lampe verticale, plante-lampe égale branches branches vers le ciel que font mes veines, oh peur peur, vitesse, 1ᵉʳ, l'eau devient dure, dehors, on y est, jungle qui part d'un coup, choc.

Dehors.

Dans le bruissement, dans le bruissement, peur, la peur au ventre, les animaux tout autour en volute, spirale de peur, sueur collante sueur, peur, les insectes, les insectes légion attirés par l'odeur viennent piquer, jungle au bord de l'autoroute.

Peur.

Les animaux tout autour, peur, oh j'ai si peur, rien au fond creux de soi, j'ai peur.

Peur.

Dans le cœur du cœur de là où je ne veux pas être, disque de mort, les balles sifflantes impacts de mouche gauche-droite, stéréo-peur, dans le bruissement spirale, dans le bruissement, peur, la peur au ventre, les animaux tout autour en volute de peur, collante sueur, les insectes, peur, les insectes viennent piquer et des serpents, ni garrot ni rien, ne pas sucer la plaie sinon vous mourrez aussi, la douleur en boucle fait rentrer par un trou plus faible du circuit la molécule agressive qui lance le circuit sans fin, allez.

Je n'avance plus, terminé, hyperoxygéné, zéro jus, fini forces, peur, je nage, morceau de rivière au format de nage accroché à l'horizontale dans un musée, je l'ai vu, il existe, bloc d'eau en marche suspendu au mur, avec des herbes ondulantes, des herbes, des herbes, encore des herbes dans le courant, je nage.

Couloir de nage souvenir.

Je nage, sac de toile à la dérive, petit bateau à voile sur lac d'enfant, pitié oh oui oh mon âme en toi se cache, peur dans les nénuphars en lianes enfouis dans le courant dans la boue des larves au centre de la profondeur de l'eau, peur.

Je nage.

Poids de moi dans courant profond, peur, dans le cœur du cœur de là où je ne veux pas être, dans le bruissement des animaux du fond, noname de cœur des ténèbres du déjà vu si peur, tu resteras là et personne ne te trouvera, antiparadis, milieu de rien, cœur froid dans noir de la nuit de l'eau.

Combien de temps exactement ?

C'est pour toujours : comment tu es ? comment c'est dehors, irréparable, c'est marqué, c'est ainsi, c'est ainsi, amen, et là les types arrivent et vous sauvent, juste ce dernier coup-ci, héli-treuillé, dans le souffle des pales avec des sang-sues dans la bouche, une dernière fois, Sauvé-mais-ça-recommence-demain, me dit un gars à l'oreille pour couvrir les bruits énormes, visage zébré-charbon, veste kaki trempée, feuillage ac-croché au casque, M16 en bébé sur les genoux, pieds ballants dans l'air de l'hélicoptère.

Mon frère ?

Et on file, aspiré dans l'air frais d'un coup, ar-bres frais, matin frais, hélice à 100 000 tours, ap-pareil de conte, modèle fairy queen, direction air.

Résumé.

Je suis enfermé dans un sale petit film concret, héros principal : le corps bouillant d'organes en décomposition.

On devrait faire un prélèvement profond, comme les mèches pour forer le pétrole, une carotte, expliquent les spécialistes, on voit les strates des maladies, après on met une marque, ici zone numéro tant, un petit drapeau, une petite balise, le corps mort avec la classique épave d'hydravion au fond et les crevettes dans les yeux du pilote et de la femme qui l'accompagne, tenant dans les bras le bébé que l'on sauve, on remonte, tout doucement, par paliers, bulles par milliers, et on crève la surface, arbres sombres en voûtes immenses, ciel, lac noir.

Si on est plongeur professionnel.

On chante la chanson et crac la boîte s'ouvre et des milliers d'objets or et argent explosent de la

77

bombe surprise, nuit d'hiver, home d'enfant
sous la neige, fée explosive, existence dans un
tank, je l'ai lu.

Quel tank ?

Je ne comprends pas tout, ça doit vouloir dire
qu'il faut faire un bilan, un dernier effort, allez,
Fichier des Dernières Volontés : il me manque
du végétal, dans une ville c'est pas bon, matériau
d'avant disparu sous le moulage organisé, amis
perdus, problèmes sous ciment, impossibilité
retour immédiat, blocage en amour, difficulté
recherche en général, frein et non-influence de
bonnes choses et protection, manque elle.

Elle qui ?

Avec qui dois-je entrer en rapport ? qu'est-ce qui
est bon pour moi ? qu'est-ce qui va se passer ?
quel est le rapport de choses en moi qui va se
mettre en rapport avec des choses elles-mêmes
en rapports intenses et secrets ?

Je ne comprends pas tout, je devine, j'essaye.

Si le barbu avait été un vrai médecin il m'aurait
glissé une enveloppe à la sortie : à l'intérieur,
sur une feuille où sont scotchés des comprimés,
il y aurait écrit : prends un Eagle, tu voles, ou un
double Baby Z, tu t'avales dans les parquets,
bonne route.

Signé : un ami qui vous veut du bien.

Un vrai camarade comme le petit homme en noir qui suit le coureur avec une valise extra-plate en carbone, clac-clac, fioles et comprimés du jour encastrés dans la mousse noire, on va te changer le sang en Suisse, allez ma poule, mais non allez oh ça ira allez oh mais si, voilà, douce-ment, c'est ça, voilà, mouchoir, après la psycho-logie passons à l'action, phase II action, mais oui mais oui, voilà, mais ça ira, alléluia-amen-ok, c'est dit c'est fait, larmes, larmes, larmes, oui c'est oui, égale amen.

Comme disait en substance un autre philoso-phe, quand l'histoire avance, non, c'est pas ça, c'est ?

Quand le sujet, toi, moi, nous tous, avance l'his-toire se serre, se visse, c'est ça, plus ça avance plus ça visse, tourne dans mon cœur comme une vrille profonde qui déroule de fins copeaux, dentelles abandonnées.

Si on est menuisier.

Balle fendue en croix qui emporte la chair dans un maelström, tourbillon de chair dedans, j'ai froid.

Action.

Je suis légèrement surhabillé, sur le carton à l'angle il y avait imprimé en italique en bas à gauche le mot : *noir*, c'est pour ça que l'Allemand m'a sauté dessus, je me suis fait repérer, même si je me croyais protégé derrière ce pilier.

Il faut que je file.

Changer de coin, disparaître, personne ne le saura, ça ne va pas faire d'histoire, ça n'intéresse personne, un autre livre explique que : nombre d'événements réputés historiques n'ont jamais été les souvenirs de personne, je comprends sans comprendre mais il y a quelque chose de juste là-dessous, même s'il se passe quelque chose d'important, y être ne change rien, il faut rester en dehors de la bataille pour comprendre, si on est trop dedans, on pense que c'est juste une bagarre.

Si on est un héros.

Ce ne sera pas du tout historique si je disparais, Historique : quelque chose d'énorme est en train de se passer, apparition de quelque chose de grand, hallebardes, armures, défilé, attention, moment historique, ça doit être ça, on est au courant, on y est, on regarde ses collègues avec la modestie patiente des gens au firmament, moment royal.

Manque une musique.

Rajouter ici le souvenir confus d'une histoire que m'avait racontée un expert sur un prétendu mode royal dans le plain-chant, qu'on entonnerait comme une trompette, ambiance sacre.

À chaque sentiment sa tonalité ?

Il y a une musique pour tout, ça se défend, mineur la mort ? majeur la joie ? *do* bécarre, réveil ? *sol* mineur, bonne nuit ? *ré* majeur, alléluia ?

Musique du matin ?

Musique de je suis sauvé, *fa* dièse, tototoc, baguette, mesure 437, et dalalallala et raaah, rugissement du chef, on relève les yeux à la verticale vers la cime vertigineuse des arbres, avec le même effet *ivresse* qu'on ressent si l'on souffle trop longtemps sur un feu, au moment où un nuage bouche le soleil, ses rayons diffractés, qui indiquent traditionnellement la présence d'une puissance supérieure, dans une sorte de craquement, un bruit qui donne la sensation d'espace ouvert, envol d'oiseau surround, impression d'air, ouverture de tout, ça chante, comparer ça à un chiropracteur qui fait craquer le paysage comme une vertèbre, ouvrant une porte, les liquides affluent dans les parties éloignées, chanson, oh cime, soleil, c'est loin.

Si on est dans un film de guerre romantique de propagande.

Les gars à force en ont marre, ils lèvent le nez pour suivre les oiseaux, ça file vers le haut à toute vitesse, arbres si hauts, oh les arbres si hauts, regarde, regarde de tous tes yeux, regarde, c'est loin, cimes en fuite, lumière, froid, hauteur, c'est loin, oh l'œil grimpe entre les lignes-vers-le-ciel, trou bleu en l'air entre les arbres, on peut réciter un psaume.

C'est loin.

L'effet complet exigerait un matériel sonore énorme ou une dose de drogue très puissante sous contrôle médical, bruits renforcés de brindilles sèches sous pieds, vent dans les feuilles en boucle, bruit d'air, glissando d'oxygène, espace glacé vertical, bruit d'aspiration d'âme vers le ciel.

C'est loin.

On choisirait une guerre récente, il y a encore des témoins, des ponts démolis dont on voit encore les piles enfouies dans la végétation, on descend dans le noir à la verticale, fugitif dans les maïs, on s'étouffe, on est dans le noir, on court dans le bruissement, spirale, dans le bruissement, etc., c'est la nuit beaucoup plus tôt que prévu, il y a encore des piles du pont démoli sous les ronces, béton armé, métal torsadé rouillé, abandonné à son premier vieillissement, le contraire des façades ravalées de rues anciennes, pierres apparentes sans histoires, pierres redevenues matériau pur, Lego égyptien, maquette de carrière.

Fausses ruines accélérées en temps de paix.

Envie du ralenti de prés verts animés et coquelicot flou, de films de famille aux bords brûlés, où tressautent des visages dans le vrombissement d'avion du petit projecteur maison, un avion qui traverse calmement une portion de ciel.

Mais le dire n'est rien, il faut le voir.

Là où je serais mieux et où nous serons bientôt, il y a d'énormes quantités de végétaux, des bouillons de fines feuilles partout, dérives de hachures vertes, de tous les verts possibles.

Faites-moi le premier dessin, allez-y, ce qui vous passe par la tête.

Dessin.

On grimperait par un système d'échelles jusqu'à la passerelle, un système de bambous avec contrepoids et bascule diviserait la journée en segments égaux, on peut l'améliorer en le couplant avec un cadran solaire spécial.

Ce n'est pas l'ombre d'une barre qui s'inscrit sur une pierre graduée mais un rayon qui à l'heure dite va brûler une cordelette au moyen d'une loupe, en se cassant, elle fait basculer un bambou rempli d'eau dans un autre, etc., plusieurs tournants serrés, et crac, juste au-dessus de ma tête.

Réveil.

J'ai jonché le sol de la grotte d'herbes fraîches et de bruyères, un trou donne directement sur la mer, rond bleu tout en bas avec écume et cris, l'air entre du bas, je balaye bien à fond pour retrouver le sol en dessous, de plus en plus doux, à chaque fois un peu de sable se forme par usure, les falaises deviennent des cailloux, etc., on devrait mettre des meubles style haute époque de mauvaise qualité, suffisamment abîmés et noircis pour être beaux, fabriqués à la chaîne pour Palazzo transformé en pension, consulat, abbaye, un plateau en métal argenté pour poser le courrier, cantine de luxe avec double cuisinière en fonte professionnelle, à table.

Ça aurait de la gueule.

Transformer la vue imparfaite qu'on a de cette fenêtre en petit paysage idéal, ne laisser qu'un seul arbre par champ, une maison est un simple cube, etc., les lointains sont rendus par la perspective aérienne, un pré miniature est entouré de haies, couvertes de treilles entrelacées, à chaque coin, la forme trapézoïdale au fond rend ce pré presque vertical à l'œil, devant les animaux agrandis familiers importants, lapin fluo au repos, patte repliée, oreille paresseuse, rêvant à un grand champ pour lui tout seul, 50 % luzerne, 50 % trèfle, entouré d'une bonne clôture enterrée anti-renard, une source surgit au beau milieu, entre deux grosses pierres, il fait beau.

Mon lapin fluo, mon anti-vache rétinienne, mon souvenir futur.

On plante autour de ce morceau de gazon central des petits pommiers ronds, des boules d'ifs noirs, des plantes diverses, jaunes, pour décider de la place idéale de chaque chose, on découpe différents éléments dans des photographies de nature prises dans des revues spécialisées, on les recolle sur un fond de champ neutre, extrait de forêt, etc.

Ça c'est un bout de feuillage n° 4.

Elle est lumineuse : pull moderne blanc, elle joue au tennis en fumant, cheveux au carré, jeune femme dans une vieille image.

Super-sœur en noir et blanc.

Reprise à quelque chose d'ancien pour demain, retour durable et programmé comme quand vers la fin on sent que tout va rentrer dans l'ordre, X retrouve Y, Z rattrape W, ce qui était perdu s'avère juste égaré.

À la fin.

Je suis comme celui qui revient à fond en bateau, la nuit, cigarette au bec, blessé mais impassible, moteurs à bloc, je vais retrouver celle qui est restée dans l'île assiégée par l'ouragan avec le vieux fou en petite chaise et les criminels morts, palmiers tordus par hurricane artificiel, trombes de fausse pluie, vieux acteurs cernés.

Si on est dans un film de kidnapping noir.

S'il y a un problème, je descends à toute volée l'échelle de corde qui protège l'abri du danger, j'ai un arc à 75 kg de pression avec viseur électronique, des flèches en titane bout rasoir, je suis le n° 1 dans ma catégorie, n'aie pas peur, regarde, au milieu de l'énorme bouillon vert, au-dessus des cimes compactes vert immense et tremblant, je me jette, vite, d'arbre en arbre.

Lianes, lianes, lianes.

Idéalement mon abri devrait être adossé à une falaise ou à un rocher, déjà un mur, ce serait pas mal, protection, chaleur, lumière, c'est introuvable.

À moins d'avoir la chance de vivre dans un endroit inexploré depuis 100 ans minimum, disons 50, un bon coin de campagne intouché avec des trous du Néanderthal transformés en cages à poules puis abandonnés.

Fausses ruines involontaires en temps de paix.

Une bonne table au centre pour déjeuner et en même temps consulter les ouvrages prévus, Comment survivre dans les bois, etc., si j'étais vraiment menuisier ce serait beaucoup plus facile de construire une table carrée, avec étagère à deux niveaux, soutenus par des petits piliers torsadés, comme une galerie en réduction où l'on peut ranger ce qu'on veut garder, un trou au centre pour jeter les restes comme les tables de poissonnerie, paillasse en céramique de dissection.

C'est dur.

Apprendre à réagir d'instinct, sans réfléchir au ralenti à chaque étape, bon geste pour assembler proprement les pièces de bois découpées à la bonne taille, bien poncées, tenon dans mortaise, calmement, sans se laisser envahir par des pensées en dents de scie, comme le type qui arrive à la victoire en zigzag dans ce jeu où l'on court en rond de base en base pour arriver avant la balle.

Si j'étais meilleur menuisier je pourrais obtenir l'aspect fini professionnel satisfaisant espéré, mais il reste toujours des repentirs, encoches nostalgiques, souvenirs de fait maison, trous de vis ratés, surtout si on ne fait l'opération qu'une fois, couche de peinture poreuse sur une surface jamais assez lessivée, le mur d'avant réapparaît comme une photo qui mettrait 20 ans à se révéler.

Ajouter ici une pensée d'un philosophe : ce que le désespoir, comme une explosion, avait mis au jour, c'était le cadavre de cet être qui était emmuré là et devrait comprendre que celui qui habite ici maintenant ne doit lui ressembler en rien.

Qui doit comprendre quoi ?

C'est le mort qui doit abandonner, pas le nouveau locataire, assemblée générale de fantômes, ordre du jour : on abandonne le château les gars, on remballe les chaînes, les draps blancs, les boulets, adieu.

Je ne comprends pas tout.

Reprenons, les choses industrielles, il y a un problème : l'extérieur est parfait mais l'intérieur ne fonctionne que le temps d'une démonstration, bouillie de roues dentées en plastique mou, roulements à billes crevés, élastique pourri, pourquoi les choses ne sont-elles pas conçues pour fonctionner toujours ? encore qu'un disque souple cadeau trouvé dans de la lessive marchera des années.

C'est compliqué.

Attention on peut aussi facilement manufacturer un air artisanal, la fausse pièce unique, le prototype truqué, ça complique tout.

Prototype : ailes en draps cousus sur un châssis de frêne verni, moteur de frigidaire, moyeux de carriole, le tout entraîné par une courroie de moissonneuse.

Et c'est un vrai avion.

Le vrai est un moment du faux, moteur, j'y crois, j'y crois pas, j'y crois, j'y crois pas, j'y crois, on y va, bel après-midi d'été devant une écurie transformée en hangar technique au bord d'une falaise, il fait un temps incroyable, bleu intégral pas un nuage, on n'a plus qu'à sauter, dévalant les herbes, le faisant, le faisant, trou, hop, air.

Avion.

Oh je touche les branches, cimes rondes, tapis serré, ballon vert, prairie dans l'air, 100 000 chandelles, coquelicot sur fond de blé, torsion de l'air, quand on est en haut, il faut continuer à pousser dans l'air, c'est le plus dur, et par la découverte des branches, tout en bas minuscule ligne, une meute de chiens glisse, dans une houle noire et blanche d'aboiements légers pygmées : Kiddi, Kiddam, Kooki, Khôl, Keen-keen, Kaaki, Kook, ça cavale.

À la recherche de ?

Un avion-bourdon dévore une ligne de ciel, une spire lente de clématite étend ses vrilles dans l'air.

C'est loin.

Voilà ce que j'aurais pu faire si j'avais eu une formation, et un atelier assez grand pour construire mes essais taille réelle.

Quand on y sera, on inventera des chansons spé-
ciales, prières maison, on se construira un endroit
pratique pour les chanter, sans être dérangé,
dans un vrai cadre végétal.

Une vraie vie antidote.

Ajouter ici la polyrythmie d'un cœur de lapin
qui bat la chamade, vif-argent sous la fourrure
verte, fixe, calme, sculpté dans le noir, regardant
droit vers la droite, droite, pattes repliées, tempo
doux, note à 60, on sera bien, on aurait calculé
la bonne proportion entre les choses extérieures
qui vous frappent et la connaissance précieuse
des rapports que les choses entretiennent à
l'intérieur d'elles-mêmes et leurs rapports avec
d'autres choses qui entretiennent à l'intérieur
d'elles aussi un autre rapport.

Ça tourne.

Lapin fluo, à mes pieds, mon cobaye persistant,
comme deux têtes de lion séparées sur des che-
nets de cuivre.

Il neige.

Je vais arranger tout, ça va bien se passer, les choses compliquées deviendront simples, je devrais construire un endroit approprié pour réfléchir à tout ça, je dois être aidé par le cadre, une table pratique, dépliante ? un toit, quelque chose de léger mais d'assez résistant quand même.

Au travail.

Finir par tout comprendre par analogie comme se révèle patiemment un ciel de puzzle.

Construire un meuble consacré à faire progresser ce travail, des heures penchées sur ces petits dessins noirs, un vrai bon petit Robinson qui fait au jour le jour le travail qu'il s'est fixé lui-même, une planche étroite bien poncée pour lire debout combinée à de petites étagères dessous, on y range des outils et les éléments essentiels pour bien accomplir la tâche fixée.

J'avance.

Un praticable roulant avec un lit à baldaquin, une vigne donne de l'ombre au-dessus de ce bureau sur mesure en plein air, raisins.

Si on est dans la nature.

Un saint ? et pourquoi pas devenir un saint ?

Saint X dans le désert, abri naturel appuyé sur paroi rocheuse, style central park néogothique, vieux zoo couleur train électrique, barrière en ciment faux bois, campagne reconstituée avec vrais moutons dans prairies en toile peinte, meules de foin en transparence, formation 3 ans.

Je tourne.

On pourrait construire une maison en plante grimpante entrelacée appuyée sur une grotte paléolithique abandonnée, fraîcheur garantie, avec l'avantage de pouvoir cueillir direct des tomates géantes.

Je tourne.

À force de tourner le chemin parcouru par mes pas forme un carré plus clair d'herbe foulée qui doit s'apercevoir de très loin et permettre de recevoir tout message par onde, chaleur naturelle insistante, imprimerie de signaux minuscules, comme un cloître vu de haut fait penser à un circuit imprimé, à un capteur pour extraterrestre.

J'étudie.

Je suis au centre d'un motif carré, au point d'intersection des diagonales, je suis dans une suite de nombres : 3, 5, 8, 13, 21, 34, 55, etc., chaque chiffre est la somme des deux qui précèdent, chaque nuit est la combinaison des deux d'avant, pareil pour les pensées, on retrouve cette suite dans la rangée d'écaille des ananas, les rayures des tigres, les zigzags des zèbres, etc.

Si on est mathématicien.

Je tourne, l'air est frais, l'air, l'air est frais, j'y suis, c'est là, c'est maintenant, l'odeur de menthe surgit dans le noir de la bordure de la fontaine centrale, des animaux silencieux mangent dans le noir, un poisson tourne au ralenti dans la vasque trop petite, le petit bruit étranglé du filet d'eau central dirige l'ensemble des bruits d'air autour, je suis plié infiniment, je tourne, l'air est vif c'est déjà l'hiver, il y a des étoiles piquantes dans le ciel de marbre noir, comme des chardons sur la neige en négatif, sapin, éclairagiste de crèche, fée, vas-y.

Je tourne.

Je vais améliorer la construction de ma boîte en fixant des volets dépliants sur un praticable mobile, la géopolitique de l'hibernation.

Je l'ai lu dans une revue engagée.

L'ensemble fermé donne une pièce carrée étanche, on peut l'améliorer en utilisant des planches de chêne-liège ultra-isolantes, les planches ont été immergées pour les faire gonfler au maximum puis compressées grâce à une presse puissante, le bois haché mélangé à de la boue puis à la sève d'un arbre très lisse et très noir ressemblant à un caoutchouc, voir : Arbres, leurs Essences, garantissait une solidité à toute épreuve, mais la presse faite de pierres inégales n'était pas assez lourde ni précise, il faudrait corriger à l'infini.

J'abandonne.

Dans ce bâtiment il y aurait eu idéalement des objets enfouis sous la poussière laissés un peu partout au dernier endroit où l'on s'en est servi, ça va être dur de maintenir cet état, le moment où les gens de la campagne imposaient leurs lois dans un quartier, poêle à charbon, sciure par terre, plat du jour, etc.

Les outils abandonnés, ça aide.

Fourchette tordue près d'une cantine en fer-blanc écrasée, marteau devant clou à demi planté, l'ancien devenu inutile mais qui tend les mains désespérément, comme une charrue rouillée au fond d'une grange, incendie ? restructuration expresse du personnel ? crise de l'énergie ? épidémie ? éruption d'un volcan voisin ?

Les gens ont tout laissé tel quel.

On peut se douter qu'entre-temps d'autres individus sont venus dans l'endroit pour fouiller au hasard, cherchant au départ des lingots sous les lattes, des diamants dans les lustres et, ne trouvant rien, envoient balader distraitement tout ce qui traîne en scrutant le plafond, espérant qu'un passage secret s'ouvrira vers la chambre du trésor, créant des catastrophes en chaîne sans le savoir, bousculent un monte-charge qui va effondrer lentement le parquet, un sac de vis tombe au ralenti dans un seau de graisse, etc.

Il neige.

On comprend mieux la perplexité des futurs chercheurs en histoire des techniques devant ce bric-à-brac, Messieurs, ces vis sont dans ce seau pour une vraie bonne raison, etc.

Possible invention unique bloquée.

Juste avant l'abandon définitif du lieu, le gars résout le problème que personne ne lui a posé en se trompant de récipient, mélange la vapeur et l'huile, la menuiserie et la mécanique et crac, invente par erreur le moteur à explosion en 3 mn, ils filent, les fenêtres s'obscurcissent, la poussière se durcit, tout prend la couleur du sol.

Irréel du passé.

Pour s'installer il suffit de repeindre l'ensemble, en n'attaquant la couche ancienne que superficiellement, sinon on risque de n'en garder que la forme abstraite, comme les façades très anciennes moulées dans le ciment, vides à l'intérieur, comme dans un village de parc d'attractions, il suffit de repeindre l'ensemble en englobant des détails oubliés, vieux bobinos, alternateur sur une poutre, avec de la peinture à l'huile bien épaisse et plusieurs couches, attention à ne pas exagérer comme dans certains palais transformés en musées où l'on glisse la tête par un passe-plat pour voir une salle à manger où plus jamais personne ne va s'asseoir, mais où tout est prêt pour l'éternité, un À table résonne pour toujours dans le vide.

Assiettes vides, carafes vides, serviettes blanches.

Ajouter ici une impression tirée d'un livre où un orphelin tâtonne dans une sorte de lande, magma de boue et de brume, idéal de marais, nuit éternelle de studio, rencontre un forçat évadé qui l'oblige à lui apporter à manger et une lime, après plusieurs péripéties il rencontre une très jeune fille dans le jardin abandonné d'une maison, volière en morceaux, roseraie jungle, bassin crevassé, où vit une vieille dame qui garde intact son dîner de mariage.

Futur mari mort le jour même ?

Conclusion, l'impression du début reste la bonne et gagne, parking sous terre, baraquement de ville fantôme, éternel studio, figurants partout, que des débuts et des fins.

Ambiance de casino désert, plage d'hiver gris souris, palmier en plastique, ciel bouché, bordure d'hôtels vides, jetée en ciment, piste nazie dans le sable, pissotière-bunker, lit de cuivre, avec vue sur dos de building verdâtre, publicité peinte Pompéi Peter Stuyvesant, groupe électrogène enfoui sous les crottes de pigeon, room service, club-sandwich avec vieilles tomates en garniture, piscine à sec, bar d'aéroport, Est occupé par Ouest, ex-Ouest occupé par Ouest devenu Est.

Un barman borgne surveille deux putes déguisées en hôtesses de l'air.

Set de table provençal avec bol à rouille safran, sauce mimosa, assiette bleu camargue, groupe de

vieilles dames à lunettes de chat dorées en ree-
bok blanches et trottinette inox, jogging d'obèse,
danseur de tango à la retraite peroxydé.

Course de crabe pour bookmaker sénile.

Manque toi, tu es prise dans les images d'avant,
plus vieille que tu n'es en réalité en étant plus
jeune, enfermée dans ces vieilles images, on va
te faire revenir.

C'est loin.

Alice, au moment ou elle devient plus grande,
devient plus petite qu'elle n'était, je l'ai lu, c'est
comme ça.

Commander le gin-tonic à goût de glaçon, attendre un peu et là, rentre automatiquement la traditionnelle jeune fille aux yeux morts, j'attends
ma copine, etc., je suis là par hasard, etc., 50 local
pour ce que tu veux, vite, supplément hôtel,
sinon plage ou local poubelle, pipe stakhanov,
position IV, ja-gut-komm, gueule le pédophile fla-
mand obèse propriétaire d'un joli pied-à-terre devant la cathédrale de Gand, possesseur de deux
aquarelles ∗∗∗∗ de Van der Weyden.

Déjà installé avec une autre.

Demain on va bien s'amuser, je te mettrai une
troisième boule de métal dans le cul, je te chie-

rai dans la douche, jawohl-ja-gut-komm-au-schwein, j'amènerai le chien-chien et mon co-pain serial killer, ça fait pas mal, je te traduis en espagnol le mode d'emploi.

Ce sera les grandes vacances.

Ça creuse, l'image se tord, se plisse comme de l'huile qui spirale une masse d'image en torsion comme avec le jouet où l'on centrifugeait les couleurs qui doit maintenant être au grenier perdu au milieu des cartons entre les chaussures dépareillées, les pantalons à bretelles, les disques, les lustres à cristaux.

Panoplie de Russe avec mini-samovar, costume de pierrot en soie, diamant, verroterie, feu.

C'est loin.

Et là tout s'engouffre, abstraction libre sur commande, essoreuse De Kooning maison : palmiers tordus sur HLM, ciels broyés, cargos en hélice, cul flou, lit tordu, etc.

Et là ça va mieux.

Agent Orange

En amont, les nitrates s'écoulaient tranquillement des champs de maïs.

Orange.

Des nénuphars énormes et sans fleur recouvrent un bras immobile.

Mort ?

Au départ, j'ai pensé que c'était comme dans l'abc de la relativité, le truc des deux trains, rivière fixe et moi dérivant dans le décor.

Non, l'eau bouge.

Aspirée par un courant secret dessous, preuve : des groupes d'insectes naufragés sur des brindilles dérivent lentement entre les feuilles dentelées, l'eau bouge en dessous, comme s'il y avait une turbine cachée sous la masse noire et visqueuse, ajouter ici une image de masse d'acier en fusion ressemblant à de l'huile de vidange d'un tracteur qui s'enroule dans un seau de métal ressemblant à la cascade éternelle d'une fontaine de bronze.

J'aurais dû être sculpteur.

Ça bouge, direction une grosse branche tombée pendant la tempête, une série de choses échouées fabrique un barrage involontaire, aussi efficace qu'une installation de castor, feuilles mortes décomposées, bouteilles de bière vert sale, débris de n'importe quoi réduit en écume crème, bout de plastique pastel délavé.

Bienvenue à la campagne.

Si j'étais artiste j'aurais pu les récupérer et les disposer par couleur, en mosaïque monochrome, morceaux de pelle de plage bleu pâle, clip rose de parasol, attache jaune de bouée.

Mais quelqu'un a déjà eu l'idée.

Dispositif chamanique ? on peut faire l'indien devant en invoquant le Dieu Été ou La Beauté En Général, gunda-gunda, Les Deux Corps du Roi, tournée générale de champignons, hallucinations, je suis un corbeau, tu es un escargot, etc.

Histoire enfin naturelle.

Une bouteille d'une marque aujourd'hui disparue de vinaigre local avec tête de nègre en relief
qui avait dû servir entre-temps à stocker un al-
cool de fruit de contrebande, et rester là,
comme un fémur de bison, dans un trou du
mur, ancienne fenêtre bouchée, avant d'être ba-
lancée à l'eau le jour où de nouveaux propriétai-
res décident de passer un coup de blanc dans
cette étable-annexe abandonnée.

Pour la louer.

Ajouter ici le couple de touristes inquiets avec enfant unique, handicapé ? à la recherche du gîte rural, surgissant dans la cour éblouis, groupe titubant qui sort d'un déjeuner de communion, 42° en plein soleil sur la nationale, trop habillé, trop chaud.

Cœur serré.

Gîte rural à quinze minutes en poney d'un des Plus Beau Village Possible, un bateau à aubes Mississippi remonte toutes les demi-heures la rivière, un son et lumière bimensuel retrace la vie d'un tailleur de pierre exemplaire, le pharmacien et la coiffeuse font les lavandières en costume devant le lavoir reconstitué, l'épicier fasciste en mignon Henri III sert des merguez au banquet annuel.

Soirée plein air.

Terminée en beauté par une pièce moyenâgeuse avec comédiens hurlants, le public reçoit sa cape de bure à la billetterie après pèlerinage, Compostelle accéléré dans le village, précédé par un guide tonitruant en faux moine : par ici, les Templiers, en route vers la Lumière, etc.

Le bar principal, ex-annexe de l'hospice, tenu par une poétesse anglaise sert du confit de canard mou à toute heure.

Pommes dauphine surgelées.

Le cousin retardé du beau-frère du conseiller général déplace des barrières en métal pour protéger le marché aux fleurs séchées.

Château : le propriétaire gâteux et son chéri, devenu fils adoptif, s'y envoient *mardi* et *jeudi* les semi-notables du village un par un aux oubliettes, l'épicier dans les chaînes, fermer les yeux en travaillant le charcutier dans son lit à baldaquin avec santiags en poulain posées sur couverture d'ours, en pensant très fort à Louis II de Bavière.

Vue 360° sur la vallée.

Steinway de concert laqué blanc sur carrelage refait, peinture cinétique sur commodes Boulle, important bureau plat de Dubois avec ses bronzes d'origine, ex-collection Bisaccia, mobilier royal de Compiègne BRVB recouvert de cuir noir, vase de Sèvres, plaid de vison et nappe peau de panthère, recherche éperdue de jeunes postiers aux joues roses via internet, etc., venez voir ma tour, etc.

Bienvenue à la campagne.

Voilà notre famille qui s'avance au ralenti sous le soleil, impressionnée par la maison de maître, ex-bourgeoisie industrielle, textile, pneus, chaussons ou forge, perron et fausse boiserie acajou, idéale kommandantur qui domine un village vassal réduit à trois maisons Phénix.

Gîte rural dans l'annexe.

Par ici, chers amis, c'est votre seul enfant ? bienvenue à la campagne, par ici, merci, c'est là, entrez, eh oui, des travaux importants, par ici la famille.

Autrefois, on perçait une fenêtre dans le mur de n'importe quelle grange, une baie coulissante sur une structure acier, lits superposés, vaisselle arcopal, bols transparents, bavure de ciment sur fausses tomettes, inventaire encadré, buffet Henri II à horloge-coucou intégrée, renard en plastique sur la cheminée, tire-bouchon cep de vigne, *salle d'eau* avec décalcomanies inaltérables Mary Poppins, rond de serviette pyrogravé.

En espérant que les prénoms correspondent.

Les gens ne se posaient pas de questions, oh là là, maintenant c'est fini tout ça, on se dirige tous vers le concept écurie mini-loft avec IPN brut, ciment teinté, coursive néo-garage, piscine à l'antique, regardez-moi ça, if bicentenaire transporté en hélicoptère, crépi traditionnel, lavandes-romarins alternés, etc., 11 500 anciens-nouveaux francs la semaine, après l'exode rural, on s'en sort hein ? pour un pays dévasté qui n'a rien devant lui, pas d'infrastructures, pas d'usines importantes, comment dirais-je, c'est un vrai petit succès, bonnes vacances.

Les nitrates non assimilés du champ de maïs au-dessus sont entraînés par les pluies vers les rives et s'écoulent discrètement dans l'eau, des nénuphars anormaux prolifèrent, leurs énormes feuilles tachées d'auréoles grises piquetées de vermine cachent du ciel blanc une série de perches soleil.

Immangeables.

Introduites par un pisciculteur maladroit ou un collectionneur fier d'avoir glissé dans un ruisseau innocent un bébé silure, grosse bête molle qui va grossir jusqu'à prendre tout le lit, vautré dans le petit courant, bouche ouverte, collecteur d'égout vivant.

Ils ont fait pareil avec les écrevisses à pattes rouges, souffle à mon oreille une voix de basse, des américaines et cannibales en plus, rajoute une voix aiguë.

Mon cœur se serre.

Un couple, lui crâne rasé, lunettes métal, pull-
over noir à torsades, pantalon battle-dress, et
elle, même taille, robe à fleurs, cheveux *annielen-
nox*, à un demi-mètre de moi, fixes, droits
comme des i, dans mon dos, sans un sourire
pour arranger la situation.

Je les entends respirer.

Ils ont fait pareil avec les algues *soi-disant* échap-
pées du vivarium, les écureuils gris, les ragon-
dins, les araignées du Mexique, et des bactéries
qui n'ont pas encore de nom, poursuit-il, voix
glacée.

Ça commence bien.

Ma femme, désignant son acolyte d'un ongle pointu, a ouvert un petit institut de massage dans notre nouvelle maison : rééducation, shiatsu in situ, pins bicentenaires, silence de mort garanti, avec exercices de boules chinoises outdoor.

Gymnastique quadridimensionnelle.

C'est l'ancien logis où Henri IV a couché la veille de la bataille de Coutras, good vibes.

Ça vous ferait du bien, vous avez les chacras sur off, repositionnement urgent sur ligne passé-futur, corps à corps avec le yin-yang, apaisement cicatriciel des deuils mal faits, absence-présence réglable, big-bang intérieur et son cri, retour inside avec contrôle fort-da, retour et dépassement figure du père en réincarnation tangible 24/24, équilibrage corps-âme.

Joie finale garantie.

Vous en avez besoin, vous êtes blanc comme un linge, vous fumez beaucoup beaucoup trop, ah non ? et c'est à qui ce tas de mégots, hein ? au voisin ? hein c'est ça ?

Pause.

Des antécédents ? le cœur ? la rate ? le poumon ? papa ? oncle ? grand frère ? cousine ? belle-sœur ? hanté-cédants hein, il cligne de l'œil vers sa femme qui hoche la tête, vous avez une haleine de rat mort, mon vieux, foie percé ? gangrène ?

Il s'énerve de plus en plus.

J'ai l'impression de le reconnaître mais je ne suis pas sûr, en plus rouge ? avec un accent allemand ? barbe ? cheveux noirs longs catogan ? lunettes étroites ? il hurle, il chante : le destin, vous êtes avec moi, c'est parti, ça aurait pu être quelqu'un d'autre, c'est moi, ton karma à toi c'est moi, vous êtes avec moi, c'est parti, ça aurait pu être quelqu'un d'autre, c'est moi.

Il chante de plus en plus fort : le destin, vous êtes avec moi, c'est parti, ça aurait pu être quelqu'un d'autre, l'entraîneur c'est moi, ohé-ohé, la femme dodeline de la tête en cadence et sort un tambourin de son sac en plastique.

Ça tourne.

Sous-commandant Marcos ? entraîné, Rocky Marciano ? entraîné, entraîné, entraîné, Vercingétorix ? entraîné, entraîné, entraîné, entraîné, vous croyez quoi ? ça c'est des gars qui sont en forme.

Il est tout petit.

Vous êtes petit de naissance, hein ? c'est quoi ce truc que vous avez là ? ici, ne bougez pas comme ça sans arrêt, cette excroissance-là, à l'œil, c'est une tumeur mon vieux, faut se faire soigner.

Je n'ai pas dit à *l'œil*, c'est une expression, et en plus il est au ralenti, vous êtes en vacances ?

Il hurle, ils tournent comme des Indiens dans la danse du scalp en levant des tomahawks imaginaires, le destin, yes, vous êtes avec moi, c'est parti, heili-heilo, c'est signé, ça aurait pu être quelqu'un d'autre, c'est moi c'est l'entraîneur, ils tournent, ils font une ronde, comme une frise de petits personnages en ombre chinoise.

Le jour baisse.

On n'est plus dans un conte pour enfants, mon vieux, moi je vais vous dépeterpaniser moi, faut devenir adulte un beau jour.

On va vous doper mon petit coco si vous n'êtes pas capable de le faire à la volonté, du sport, vous êtes enfermé sur vous, beaucoup trop, il faut payer, il faut purger pensées-toxines, hi-hi, dit-il avec une voix d'apothicaire chinois.

Venez.

J'essaye de ne pas écouter, je suis heureux ici, mon bouchon flotte dans le trou noir, je me concentre au maximum sur la tension du fil, l'odeur du ver de terreau inerte ne pouvait malheureusement attirer qu'un poisson aux goûts bizarres, genre gras, à barbillons, aux yeux noirs enfoncés.

Très lourd ce futur poisson.

Je couvre leur voix par mes pensées, ça marche, c'est ma spécialité, c'est mon nouveau sport, c'est délicat, je réduis le son de leurs mots, ça marche, je suis absorbé dans l'eau noire, je suis au fond, je suis à l'envers au fond de l'œil du monstre, c'est une découverte, je suis avalé dans les lentilles vert cru, je suis dans la vase, j'occupe le terrain en silence, intervention au sol, je suis dans l'œil du poisson, ça marche, je vois : une main énorme au premier plan et un paysage rond à l'arrière, arbres courbes, le ciel lucarne, un corps en angle, moi, jambes grêles immenses, tête loin décadrée, cheveux tordus, des branches en l'air, ciel gris.

Je suis un corbeau dans l'angle.

Ajouter ici quelque chose qui exprime le gras, l'odeur des carpes dans un aquarium de poissonnerie jamais lavé, eau-huile, lactance, congre pourri dans sac plastique, etc.

Mal au cœur éternel.

Venez chez nous, venez chez nous, venez chez nous, hurle le prédicateur grimpé sur une petite souche d'arbre, les bras levés vers le ciel, il scande : nouvelle enfance, deuil fait complètement, répartition intérieure des organes en masses toujours mieux équilibrées, circulation de tout dans tout, oh bonheur, etc., les yeux blancs, ça a l'air sacré.

La lumière baisse.

J'écoute, j'écoute attentivement, je bois ses paroles, perdu, deuxième manche pour le reste du monde.

Nuit.

Venez dimanche mon frère aîné fait un piquenique, j'aimerais vraiment que vous le rencontriez, il y a des points communs, absolument, le côté coincé.

Pique-nique, hein ?

Bilan provisoire, il fait partout pareil, gris avec des gens dedans, post-campagne † in memoriam, ciel sale, réverbération maximum comme si on avait installé une batterie de spots derrière une vitre opalescente de porte de clinique.

Les arbres et le reste, ne recevant pas d'ombre complexe, restaient ce qu'ils étaient, un morceau de bois insensible, sans couleur, dominé par une masse indistincte de feuillages.

Il fait moins beau qu'autrefois.

Aucun livre n'est capable d'expliquer correctement comment une partie préservée d'une ville restée campagne à force d'oubli, gardant les habitudes anachroniques des gens d'avant, ouvriers morts, quasi-terrain vague, ateliers vides, paysage en retard redevient une ville d'un coup.

Des gens cueillent l'endroit tel quel et décident que c'est là, café-charbon devient un nom propre, la campagne suivra le même sort, les mêmes gars filent vers le terroir retaper un débit de tabac, poste à essence à l'ancienne, comme quand à l'Ouest on essaie de s'habiller Est.

Oublions.

Ajouter ici quelque chose sur le fond des tableaux, petite verdure bien rangée, ciel avec hirondelles par la fenêtre, rentre un personnage jaune et rouge avec des ailes dans le dos et une grande fleur de la famille des lys à la main, slalom entre les cyprès à l'arrière-pays, une myriade de nains dévale les collines par un bon matin frais, suivi d'un groupe de moutons, fous de joie de sentir l'écurie si proche, ça y est les amis, on est de retour, faites péter les barriques, sortez les jambons, gonflez vos cornemuses.

On avait perdu ça.

Et dans le même bain tout ce qu'il y a derrière ça de sensations élevées, importantes, exclusives, réservées à un amateur noble, qui nous en ferait son petit journal bien senti, j'ai vu Ça et pas vous, une vraie conscience méritante, qui se serait fait sa voix unique à la force du poignet, et qui en parlerait à qui veut, tranquille, dans sa tour carrée, avec ses vignes autour, son miel maison, ses sensations intenses et pointues sur tout ce qui se passe partout de loin, miroir en exil de la société, leçon pour nous tous, correspondance chaque matin avec des collègues agréés, ah c'est moins bien qu'avant, regrets éternels, élégies, bien à vous.

Oublions.

Les nitrates avaient tellement fait proliférer les herbes qu'elles recouvraient maintenant toute l'eau, il fallait faire un trou pour y introduire un fil.

Ça va vite.

On aurait pu marcher sur cette fausse prairie, petit patineur dans l'anneau de vitesse, lycra noir, cagoule gore tex, les lames cruelles de Hänsel et Gretel coupent le monde en deux, lac de conte pour Gerda.

Ajouter ici un résumé du conte où le personnage principal se débat pour trouver l'âme sœur au cours d'une villégiature, se débat comme il peut dans une sorte de cauchemar d'où sortent au ralenti d'un tourbillon de robe sur fond de pré vert à coquelicots flous des phrases sentencieuses et sucrées : assurément Maria Pétrovna Alexandreiévitch ce sont des pommiers greffés.

Il se débat.

L'Éternel Mari ? Cauchemar climatisé ? Vie d'un propre à rien ? Un roi sans divertissement ? Roi, dame, valet ?

Et elle ?

Encastrée dans l'image où elle repose, prise dans le groupe, décorée par le fond noir et blanc qui l'entoure, ses grains dans les grains d'argent, il faut faire exploser le passé dans le présent, oui, mais comment ? comment on sort ?

Éclair de magnésium, descente d'avion, elle arrive au ralenti, c'est la gare, diligence, c'est la scène de l'arrivée, c'est connu, c'est une solution, arrivée de la princesse X, gerbe de fleurs, gardes républicains, tapis rouge.

Comment on arrive ?

Prise dans l'eau où elle nage, avalée dans le paysage, prise dans les bras d'une autre fille qui lui ressemble, amie ? sœur ? jumelle ? double ? on n'a qu'une seule photographie pour tout refaire.

C'est la seule photographie, je n'en ai qu'une,

avec des traces de lumière, poussières en suspension, photons d'or dans l'air.

Ses grains dans les grains d'argent.

Sa robe ? comme l'huile de vidange plissée d'un tracteur en plein été, meules immenses noir et blanc, peupliers brosses dans l'air blanc, saules noirs, nuit à droite, jour à gauche, brume Japon, bord de l'eau.

C'est la seule photographie.

Viens, plonge, vite, elle n'est pas froide, chair de poule, enroulée dans plis d'une serviette immense, drap ? traîne ?

On dirait une statue.

Je vais te tirer de là, je te sauverai du rien ne s'est passé depuis, jours vides, temps mort, pause à vitesse éternelle, jours barrés, je diviserai à l'infini chaque portion de passé en isolant le présent qu'il contient toujours encore, petit point vert au fond des yeux, ma super-sœur, ma ?

L'absence de lumière impliquait un non-événement général, seul le vent agitait *sans le son* des branches plus loin, il n'y avait même plus ces tourbillons de chaleur qui relient la terre au ciel où nous sommes déjà, la partie immergée de notre corps exposée au ciel, tourbillon qui fait tout vibrer dans la chaleur, ce qui de loin peut ressembler à tort à des vapeurs d'essence.

Oublions.

Ajouter ici un désir urgent de s'en sortir, quelque chose qui ressemblerait à ce qu'avait répondu un écrivain dans un roman à la question inquiète de son héroïne : quand est-ce que vous allez faire mon autobiographie ? dites donc, vous ne m'avez pas l'air du tout de vouloir vous y mettre ? elle répond en substance, pas de problème, je vais l'écrire, je vais l'écrire tout de suite, aussi simplement que Defoe pour Robinson Crusoe.

Ça rime, c'est simple.

So simply like Robinsonne Cruzou, like it, like it is, like yes-yes, vas-y fais-le là, cette impression-là.

Allez zou.

Manque une cavalière pour aller au pique-nique, comment s'habiller ? j'avais repéré une tenue petit soir en crêpe bordée de strass décalée par une série d'effets juniors, chaussettes et talons hauts, sweater à capuche et cheveux tombants, ou alors la jupe taille froncée, très Dior, un petit haut sur-moulant, rouge-noir n° 48, espadrilles.

Moi je peux rester en tenue chasseur, veste camouflage, champagne dans carnier, pantalon Sanfor bleu pétrole, chèche mauve, chaussons-bottes.

Pas de bijoux, en avant.

Trente hectares d'un seul tenant à vol d'oiseau au-dessus de la Liffey, rivière historique, absolument, vu votre tête, vous n'avez pas l'air de connaître, ne faites pas oui bêtement comme ça, asseyez-vous avec les autres, c'est bien parti, on sort la célèbre couverture écossaise et le panier en osier à double fermeture side-side, protégé du vent par une haie ou un taillis de prunellier, on attaque notre demi-poulet chacun.

Mayonnaise ? gémit malgré le vent une petite voix qu'on identifie ensuite comme celle d'une petite personne habillée en princesse.

Enfant en panoplie de fée ou adulte bloquée ?

Un demi-poulet c'est pas grand-chose, petit déjeuner de Louis XVI : on lui apporte deux poulets, il exige des côtelettes et 6 œufs au jus en plus et tout de suite allez, le tout avec une bouteille de champagne et en avant vive le roi, procession vers l'église, tam-tam et trompette baroque.

Regardez-moi quand même cette rivière célèbre, Beckett, il était d'ici, eh oui, comme disait son biographe le plus sérieux, rapportant sans doute le propos d'un voisin, tous les Beckett savaient chanter ou nager, c'est invraisemblable, personne ne sait rien ici, c'est fou, aujourd'hui l'Histoire c'est juste ce qui vient de se passer il y a cinq minutes, vous creusez votre tombe, moi je vous le dis.

Le vent se lève.

Groupe de gens en cercle autour d'une immense nappe blanche, la messe ça creuse, poursuit un petit homme tout sec à la voix suraiguë, œil de verre, vous savez les gens mangeaient é-nor-mé-ment, prenez un type comme Keats, le poète, 12 × 12 huîtres, trois gigots, un roast-beef de deux livres au gratin, tourte aux escargots, millefeuille à la crème pâtissière, j'adore ça, et la même chose à l'envers, il n'y a pas de poisson aujourd'hui ? sorry Sir, nous n'avons que des moules sauce clams, ça doit être lui le frère aîné, il parle un peu comme l'autre, en plus vieux.

Avec la voix morte, mélopée, montées, descentes à contresens, comme les traductrices pendant un débat international.

Prenez de la sauce avec le poulet, si, si, allez mais ça ne fait absolument pas grossir, c'est du beurre clarifié, impeccable, avec un petit hachis d'herbes ultra-fraîches, vinaigrées, deux trois câpres et hop, ç' a été inventé à la bataille d'Austerlitz, entre les coups de canon mon vieux, on ne dira jamais assez l'héroïsme des cuisiniers en campagne : Sire, j'ai pu trouver un lapin que j'ai amélioré avec de l'eau-de-vie locale, servi sur un affût de canon sous le seul chêne encore debout sur le site, merci mon ami, passez-moi la longue-vue qu'on regarde cette bataille ensemble, toujours discuter avec le personnel, c'est ma règle.

Et mes œufs durs il n'y a pas de clients ?

Ma tortilla froide, en revanche, ça a l'air de marcher, hein ma poupée ? hein ma cocotte ? vous savez on a appris tout récemment que les guili-guili et autre coucou/caché/où-qu'il-est-papa sont très formateurs pour l'enfant, constitution d'une psyché solide et durable.

Comme si vous en aviez une de psyché.

La prochaine fois il faudra que j'ouvre une usine à saucisson, ou une cantine de bureau : M'dame qu'est-ce-qu'il-y-a ?

C'midi ?

Réponse de la grosse soviétique : de la langue ou de la raie, si le petit monsieur il est végétarien j'ai un reste de cœur sauce gribiche, ça croque.

Oh mon bœuf tendre à moi, oh mon chéri meuh.

Ça vous fait rire ? eh bien mon petit coco ça existe vraiment, j'ai connu une famille des montagnes totalement amoureuse de ses vaches, ils leur chantaient des chansons, concert privé dans l'étable pour améliorer le lait, on fait ça aussi pour les plantes, mon yucca adore Brückner, je plaisante, ce n'est pas du cœur c'est du pâté de tête, je le fais mariner dans une vinaigrette à l'échalote, mangez ça avec des cornichons nom de Dieu, s'adressant à moi, resté seul debout, n'osant pas m'asseoir.

Vous êtes blanc comme un linge.

C'est fou ce qu'on retrouve dans des prairies juste là sous nos pieds, casques gaulois, grenades, éperons, regardez-moi ça, si on creuse un tout petit peu : un fragment de cartouchière, boutons noirs et bleus, oh-oh, et une semelle de chaussure à clous, un tibia, en voilà un deuxième, pas de plaque d'identification, vous voyez ce qu'il y a dessous, ça parle de la réalité, on est loin des inventions des médias genre bouclier humain, concoctées par des spin doctors, comme un de mes frères aînés, tous des vendus au capital.

Produit industriel de fiction.

Vous savez quand on a le nez, on voit autrement,

regardez, derrière ce morceau d'écorce il y a un éclat d'obus, cette éclaircie anormale dans les buissons ? un tank, absolument, dans chaque paysage, il y a une guerre.

Le vent se lève.

Trente hectares d'un seul tenant sur la Liffey, le modèle de la rivière à saumons, c'est quelque chose quand même hein ? regardez comme c'est beau, avec ces collines pleine de grouses et de perdrix géantes, bruyères bleues et herbe verte, j'aime, ici c'est ma patrie.

Il salue longuement le paysage.

C'est ici qu'il faut disperser mes cendres, oh l'homme rien que du vent, je suis bouddhiste au fond, c'est peut-être à force de collectionner les porcelaines, quel pays nom d'un chien, conquis à coups de fusil, à la force du poignet par mon clan, à coups d'épieu en fait, c'était avant la poudre, ah ah, préhistorique.

Le vent se lève.

Je ne sais plus qui disait à propos de la Constitution britannique : ce beau système a été trouvé dans les bois, et on abandonnerait un pique-nique parce qu'il pleut trois gouttes ? qui disait encore : nul n'a jamais contemplé une allée de grands arbres dont les branches s'entrecroisent au-dessus de sa tête sans avoir l'impression de se trouver dans la longue perspective qu'offre l'allée centrale d'une cathédrale gothique ?

Le vent se lève.

C'est beau et c'est vrai, c'est souvent lié hein ? la vérité et l'extase hein ? regardez-moi ces couleurs dégradées de tous les verts possibles, ils sont l'exacte contrepartie optique de l'échelle de mes sentiments, ça monte et ça descend, je suis émotif vous allez me dire mais il y a de quoi quand on est chez soi dans la Vérité, home sweet home, je comprends les gens qui font des monuments à des idées, Alléluia gravé sur obélisque de 20 mètres, Tout Va Bien en lettres blanches sur la colline, comme au cinéma, j'aurais dû être artiste.

Pause.

Prenez prenez ça, c'est une ? mon premier c'est moi, mon deuxième c'est devant vous, là, à 100 mètres sur cette branche, une pie ? un pivert ? une buse ? vous brûlez, mon troisième est en chocolat.

Servez-vous, voilà mon tout, mais pas tout ça, doucement, on dirait que vous n'avez pas mangé depuis un mois, vous donnez votre langue au chat ?

Bavaroise au chocolat.

Vous ne suivez pas ? bavard-oiseau-chocolat, vous êtes au ralenti, mon vieux, on va vous mettre en manuel, me donnant un énorme coup de pied dans le ventre, asseyez-vous avec les autres, ils vont pas vous manger, vous avez mauvaise mine, vous devriez allez voir mon frère jumeau qui habite dans le coin, il va vous remettre en forme, il fait des fouilles, il creuse, ah là là, si j'avais eu le temps et surtout l'argent, parce qu'il a été aidé hein, il a eu l'héritage, c'était le préféré, tandis que moi j'ai été au turbin dès la naissance.

J'ai dû transformer une bonne partie de la maison de famille en gîte rural, absolument, alors que nous l'avons depuis la nuit des temps, c'est vexant, le reste est divisé entre nous tous, il y a des entrées séparées, ceux qui sont au nord voudraient être au sud, et vice versa, curieusement.

Il creuse, ça c'est sûr qu'il creuse, c'est du sport utile, et il en trouve des trucs, c'est fou, des choses ma-gni-fi-ques, des statues rituelles, des petits totems en étain rehaussé d'argent, des armures entières avec les gars dedans, comme des mammouths, faudrait découper ça en bloc et le transporter par hélico au Muséum, avant il était chez

L'Oréal, vous savez un ex-mao bien dressé aux techniques de guérilla urbaine ça cartonne dans le marketing, préfet de police et pourquoi pas archéologue.

Arrêtez de faire uhm comme ça en mangeant, on dirait une vache en train de vêler.

L'aîné de mes frères c'est celui du centre de rééducation, sa femme est d'un rasant, c'est atroce, toujours en pantalon et bêcheuse, une vraie intellectuelle de choc à la noix, répétant derrière lui les paroles du maître et gnagna et gnagna.

Le vent se lève.

Il a été quand même présélectionné pour le Booker Prize avec un essai sur la gymnastique Je ne sais pas quoi, quel métier, attention n'avalez pas des bouchées énormes comme ça, vous mangez trop vite, regardez les indiens, ils mâchent des heures un bout de plante et ça vit jusqu'à 142 ans, pomme d'Adam tempo la note à 60.

Allez voir l'autre, l'archéologue, il pousse un peu le bouchon, c'est de famille, vous allez voir, il va vous faire le régime ad hoc, il ne mange que des racines préhistoriques, c'est urgent vous avez une mine de déterré.

Le vent se lève, une goutte.

S'il pleut on se fera une bonne petite partie de bridge, au pire, mais je vous garantis un soleil de plomb, ici c'est un microclimat.

Une goutte.

Il ne va pas pleuvoir, ça se déplace vers l'est, absolument, un bon petit tourbillon basse pression va nous anéantir cette menace en deux temps trois mouvements, et là, tous les autres gens que je n'avais pas encore remarqués, deux femmes très âgées en tweed, peut-être des jumelles, un énorme barbu en casquette à double visière en imper mastic, une ribambelle d'enfants en rouge, tout ce petit monde s'affaire en hurlant pour ramasser qui la nappe, qui un fauteuil, qui un plat de salade de pommes de terre, trois chiens piétinent la couverture, le grand type patine dans la boue avec deux carafes dans chaque main, la petite princesse se recouvre la tête de sa robe longue, comme une nymphe de cigale marron.

Il pleut à verse.

Il suffit de s'écarter, de faire machine arrière de toutes ses forces, de remonter l'espace en accéléré vers le haut.

Plier-déplier : tremplin, hop.

On s'attire en arrière comme un saut à l'envers et là au-dessus des cimes on voit ce qui reste, un panier, une serviette unique tache blanche, éclat sur l'immense bloc vert que fait le sol courbé à ses bouts.

Les petites choses partout unies dans des masses immenses.

Je l'ai déjà fait dans beaucoup moins d'espace, j'ai même élaboré un schéma de cette double action, paysage brusquement loin et moi catapulté dans les airs, un peu comme deux roues dentées fonctionnant alternativement feraient avancer malgré tout l'ensemble, un petit ours mécanique joue du tambour en tournant en rond.

Action.

Je me plie je me déplie, je m'arc-boute, je me réduis pour concentrer mes forces, le sol est un tremplin, mon corps se déplie, tout se déplie, il faut continuer à pousser dans l'air, c'est ce qui est le plus dur, on glisse au-dessus des cimes, on est au-dessus des bruits loin que l'on ne voit plus, bruits sans corps, fugue d'enfants pygmées sans tête.

Mon cœur se serre.

Ajouter ici le souvenir d'un appartement dominant un square entièrement recouvert d'arbres, rectangle vert épais filtrant les cris minuscules au-dessous.

Enfants en vague.

Comme une meute de chiens, dans une houle noire et blanche d'aboiements légers, traverse une immense prairie ponctuée de très grands arbres au feuillage fin et dense, et là au-dessus des cimes on voit ce qui reste, un panier sur un fond vert et un petit point blanc.

Avançons dans le paysage, il faudrait le plus rapidement possible voir des animaux de taille respectable en activité normale, dans une lumière normale qui divise en ombre portée l'ensemble des choses autour, avec un début et une fin, un matin et un soir, et une qualité végétale naturelle, sinon tout est vide, on l'a déjà vu.

À la recherche du végétal, retrouver la lumière qui divise la lumière en noir et or, risque de vide maximum, destruction de l'uniquement vivant non végétal en chair et en os : nous, le lapin, pas la cage.

Je plie le paysage, j'incurve les petites plaines où l'on se promène, je plisse les portions d'herbe où l'on marche, je m'accélère en m'avalant dans le coude des choses.

J'essaye de comprendre ce que je fais.

Je veux voir des animaux maintenant, il faut aller plus vite, je plonge, je choisis ma descente, je file, avant je faisais toutes les descentes à bloc, j'aimais la vitesse pure, maintenant je choisis, ça avance, j'ai lu les bons manuels, c'est la bonne, j'y vais, j'imagine le virage qui va suivre, je rentre à bloc dedans, à fond dans l'air, aspiré à l'envers, c'est en effleurant la piste qu'on survole le sprint, je vais dans les cavernes où sont les bêtes, je ne touche pas le sable que personne n'a foulé depuis un milliard d'années, il y a des figures peintes.

Plongée dans les iris, iris, iris partout, le modèle est assis sur l'herbe, robe multi-tache, à pois, filtrage de trembles gigantesques, trouées de lumière, on aurait du mal à reconnaître un dalmatien sur cette pelouse tachetée d'ombre.

J'aurais dû être peintre.

Ajouter ici une théorie sur le regard adulte, préparer une troisième partie où on expliquera mieux pourquoi et comment on a eu peur et pourquoi, comment encore enfant je fais du sport pour m'en sortir, qui a peur et pourquoi ? qui est Robinson ? quelle importance a ce lapin fluo ? comment faire pour éviter la peur ?

Calme.

Allons boire un verre, petite route, bar, personne, je rentre, je sors.

Une fille déploie sa jupe ivoire et la fait plisser sur sa tête, ailes-mouettes ? statue parachutée ?

Avion.

(...)

Monte sur une grosse pierre : sexe écrasé sur ma bouche.

(...)

Sexe 2, inconnu.

(...)

Oui.

(…)

Sexe 3, inconnu.

(…)

Pause.

(…)

Noir.

Avançons dans le paysage.

Promenade express à travers les céréales, descente dans les prés vitesse maximale, virage vers
les poules, comment de simples poules ont pu
faire un dégât pareil ?

Incroyable.

Bombardement de milliards de coups de bec
depuis x années ? des petits animaux de rien du
tout ne peuvent pas faire un dégât aussi énorme.

Un site important hein ?

Paraît qu'ils en ont balancé là-dessus en un jour
plus que pendant toute la guerre ailleurs, incroyable, insiste un homme en noir que je
n'avais pas remarqué qui descend d'une échelle
immense, postée dans l'angle mort, me prend
solidement par la main, grandes enjambées
jusqu'à une façade brusquement blanche, verticale, entrez mon jeune ami.

144

Ça doit être lui le jumeau qu'on m'avait conseillé d'aller voir ? il est un peu plus grand, faux jumeau ? ils sont beaucoup.

Par ici mon vieux, c'est ça, oui oui, la petite porte, baissez la tête, c'est marqué dessus, *je m'incline*, c'est la devise maison, par ici, des bombes si ça vous intéresse, moi je vais vous en montrer.

Je rentre, un groupe d'invités en retrait me regarde fixement, je ne suis pas obligé de leur dire vraiment bonjour, un petit signe discret de la main, juste pour leur faire comprendre que j'arrive, X me parle, c'est le maître de maison, je suis obligé, laissez-moi finir, mais je suis déjà avec vous par la pensée, cinq minutes, montre en main.

Vous voyez bien que je suis coincé.

Une femme très maigre au chignon vertical s'approche et me regarde en roulant des yeux : voulez-vous faire partie des gens du comité ****, c'est amusant, il y a un tas de gens triés, c'est un des très rares rituels à être partagé comme tel par la population dans son ensemble, même pour ceux qui n'en font pas partie, ajoute une femme très brune, maquillage *barbara*, voix extra-basse.

Pause.

Moi je sais comment je vais me la personnaliser, l'épée, dans votre club, j'imagine qu'il faut une épée, non ? glapit un homme en costume noir ultra-serré, lunette Peter Sellers, pochette blanche plate, boutons de manchette à tête de mort, meine perzo'nelle Épéééé, une grosse paire de couilles en or massif, surmontée d'une bonne bouteille de JB, et trois boules, parce que toi et moi, ça fait cinq, ah t'en as qu'une ? c'est la suite de la blague, elle est de moi.

C'est lui, c'est impossible qu'il soit là *aussi*, le monde est minuscule.

Un jeune type très grand, cheveux bouclés ramassés par un bandeau écossais, mouche de mousquetaire, bizarre costume orange, tatouage, sur le front, explique à une fille naine et sans bras *visiblement très importante* que sa ligne reste coûte que coûte électro funk, drum & bass avec fond hip-hop, vous ? vous êtes *professionnel* ? me regardant, moi, je mixe uniquement pour mes amis.

Vous êtes professionnel ?

Je ne peux pas répondre, j'articule une non-réponse, comme quand on dit merci à haute voix pour rien à quelqu'un enfermé dans la voiture qui vous laisse poliment passer : l'homme en noir me parle, il me tient par le coude avec deux

146

doigts serrés, merci, à haute voix, tout seul, pour rien.

Secret Défense, regardez, dit le jumeau militaire, m'attirant dans la bibliothèque attenante, 6 000 volumes, souvenirs historiques, ouvrant l'album, se raidissant dans un réflexe de garde-à-vous, juste esquissé, comme de déjà grandes jeunes filles font une quasi-révérence.

Album, des bombes, ah là là, à votre âge moi aussi c'était la guerre.

J'ai commencé par collectionner des poignards nazis et des casques à pointe, j'ai continué ça un peu plus longtemps que tout le monde, c'est comme ça qu'on devient un grand conservateur, un jour j'aurai le Met, ou les maquettes du musée de l'Armée.

Et celle-là vous m'avez vu le résultat : 1 000 fois Hiroshima, non je plaisante, c'est une météorite, heureusement qu'elle n'est pas tombée sur une campagne déjà pavillonnaire comme ici, ouf.

Une météorite, il n'y a pas écrit Baby-doll ou I-Love-You sur le flanc de l'objet et le pilote X qui l'a larguée par un beau matin de juillet ne finira pas en pénitence dans un cloître, tombée du ciel, extraterrestre, programmée depuis 40 milliards d'années pour vous foncer dessus à je ne sais pas combien de fois la vitesse du son, par hasard.

Et après on vient nous chipoter sur le destin, on

est téléguidé mon vieux, en tout cas, ça a fait un joli barouf en dessous.

Incroyable.

On n'a jamais torturé directement les gars d'en face et pour cause on n'était jamais au contact, on a tout balancé d'en haut en regardant le paysage, le célèbre On ne fait pas d'omelette sans casser d'œufs, c'est quand même un peu vrai, faut se rendre à la raison quand on doit diriger un État on peut pas toujours tortiller du cul, il n'y a pas de fumée sans feu, vous savez quand le matin à la conférence on nous dit que les frappes, en touchant l'objectif, ont détruit des civils et que c'était une erreur imprévisible et qu'il y avait des boucliers humains et cachés en plus sur les points stratégiques, on n'est pas heureux non plus, échec du zéro mort civil, et le lendemain vous avez votre cinquième étoile, je n'ai jamais été un compliqué, je suis pas torturé du tout, vous savez, la vie n'est pas si complexe quand même, malgré tout, si on fait un tri, au finish, à la force du poignet, quand même il y a du bon, allez.

Hein ?

C'est là que j'ai craqué pour la première fois, éblouissement, je flanche, je n'ai pas l'énergie, je.

(...)

Qu'est-ce que vous avez mon vieux ?

Mets-le sur le canapé, voilà, bouche à bouche ?
qu'est-ce qu'il a ? dit la femme au chignon +
groupe de têtes en rond au-dessus de moi.

Il y a exactement une image de ça dans un dessin préparatoire à un film, des têtes de corsaires
en cercle, du point de vue d'un enfant étendu.

Vous savez la poésie c'est l'art de la mémoire de la prose, dit-il après un long moment où je n'avais plus rien écouté.

Combien de temps avait passé ?

Essayez d'écrire une lettre correctement, vous verrez, je connaissais quelqu'un qui, un jour, dans un cas assez grave, séparation violente, divorce à la clé, deuil inattendu, etc., rédigeait à l'avance sur papier les messages téléphoniques difficiles.

Les marges, les repentirs prévus, les dérives encadrées, un pas de plus il en faisait un livre.

Ça me fait penser à ce poème, vous connaissez ? se lissant la moustache, euh ? je n'ai jamais eu de mémoire, c'est de famille, attendez c'est ?

Temps ?

(...)

Temps que mettent choses ? non c'est pas ça.

Temps
— que met corps

Avec un tiret, crac, comme ça, rythmique, temps
— que met corps, oui.

C'est ça : à s'oblitérer en terre, temps que met
corps à s'oblitérer en terre, c'est beau, c'est mon
poème préféré.

Qui parle ?

Oblitérer ? un cachet de cire qui interdit de se
servir d'un timbre, d'un envoi, une seconde fois,
fermeture d'un conduit d'une cavité par accole-
ment de ses parois par la présence d'un corps
étranger.

On va se l'apprendre par cœur.

Qu'est-ce que vous voulez boire ? tiens prenez une vodka-tonic, il n'y a pas plus léger, ça va vous remettre.

Cigare ?

Regardez celle-là, ça c'est de la photo, vous m'avez vu ce piqué, sauf que la guerre était déjà en couleur, rouge sur vert c'est pas noir et blanc, je vous le garantis, surtout quand on a un gars qui vous pisse le sang sur un gazon véronèse.

On dirait que c'est maintenant hein ?

J'y étais, et c'était déjà en couleur je vous garantis, vous m'avez vu cette prairie technicolor ? Heidi en robe à pois sur meule de foin, spécial gros seins, corsage à la classique, peau blanche garantie, avec le noir et blanc, faut reconstruire.

Silence.

Maintenant la guerre est chic-urbaine, mais de loin, en fait il y a des morceaux de corps partout, on s'imagine toujours que c'est plus sport, plus moderne, plus élégant techniquement, c'était pareil autrefois, regardez-moi cette petite photo de dragons attendant un train gare du Nord, avec ces jolies housses pour protéger les casques, ces sabres qui pourraient à peine couper un saucisson, ces merveilleux harnachements de cuir noir, ces brides acier, la fleur au fusil, ça s'est terminé dans la boue à coups de pelle-bêche dans la tête.

Si je faisais du marketing aujourd'hui, je me dépêcherais d'intégrer la tendance antimondialisation et de faire croire qu'on va faire machine arrière, profil bas, etc., si on veut gagner des parts de marché, une bonne fausse autocritique et ça va repartir comme en 40.

Qu'est-ce que vous avez ?

C'est la première fois que je flanchais, quelqu'un me l'avait dit, il suffit d'une fois, on plie les genoux une fois ça suffit, terminé, sans retour, fini, retour maison, costume noir, yeux absents, frère loin, angle mort, trou, il neige.

Oh là là et celle-là, il ne va jamais s'arrêter, bivouac armée rouge, pâté de foie, boulettes, assiette de zinc, concours de lancer de fer à cheval, etc., neige fondue, bonnets à poils, Drang nach Berlin, j'y étais, incroyable, après ça je me suis fait 11 ans de KGB, ils m'ont envoyé à Denver, via une reconstruction de personnalité à Vienne pendant deux ans, j'ai dû faire semblant de rencontrer ma propre femme à Istanbul, et puis ils m'ont désactivé, faut dire que j'avais pris goût à ma Corvette bi-turbo.

Ça va vite.

Le type qui a filé au couvent après avoir largué la bombe, c'est absurde, je reviens là-dessus 3 minutes, les couvents américains je n'y ai jamais cru, cloister park avec plancher chauffant et ventilateur individuel, c'est de la rigolade, le Carmel à Hollywood, non, les vrais moines dans un pays comme ça, ils sont tout simplement dehors dans les bois, sans grilles, ni murs, juste enfermés dans la nature.

C'est le seul endroit où on vous conseille de vous évader, mais oui allez-y, à la semaine prochaine, vous voulez un sac à dos, si si j'insiste, n'oublie pas ta gourde, c'est un grand grand pays, avec tout ce végétal, partout, infini, c'est pas un petit terrain de croquet pour petites filles modèles copines de Lewis Carroll, si ça vous intéresse il faudrait aller voir mon oncle c'est Le spécialiste, absolument.

Il se tourne pour prendre la bouteille de vodka, je fais un développé-roulé, saute par la fenêtre, attrape la glycine assez épaisse pour faire une liane et hop.

Lianes, lianes, lianes.

Par-derrière, essayons, entre deux haies, à l'arrière des maisons, là où personne ne va jamais, roses trémières grenadine sur murs effondrés, ronces, orties, salpêtre, cage à poules, vieux fils à lessive, carcasse de mobylette, Aronde bleu clair et rouille, en avançant on tombe sur une sorte de cahute en bois vermoulu, un siège en planche avec un trou, du papier journal découpé en bandes et suspendu par une ficelle à un clou rouillé.

Odeur de grésil.

Vers de terre en boule dans marron d'Inde pourri, embryons de couleuvres en batterie dans la terre-carton d'une boîte de médicaments décomposée, bout gluant d'un magazine, Jours de France ? si on le déplie doucement avec un bâton reste la partie indéchiffrable d'une image molle.

Gina Lollobrigida en amazone sur fond de piste surexposée ?

L'Aga Khan en melon gris au pesage devant Black Friday III le jour du prix de l'Arc de Triomphe ? il y a un cheval dans l'image.

L'arrière d'une SM gris métallisé avec fanions, un dimanche de mai, garée devant le Pavillon de la Lanterne, résidence des Premiers ministres à Versailles ? deux gardes républicains en cuirasse lisent Ici Paris en plein soleil ? il y a un cheval, un sexe de cheval ? de chien ? conique, rose, avalé par une bouche sans propriétaire.

Titres en morceaux : Ben Barka a disp — week-end noir pour — ? il y a un cheval là-dedans.

Ouvrir une petite barrière de métal, cric, me voilà, salut la compagnie, potager, odeur de térébenthine, de buis sec en feu, nuages, feu.

Alors mon petit monsieur, en forme ?

La voix, il y a quelqu'un tout au bout, cric, bruit de bêche derrière le rideau de fumée, ha-halète-ment au moment où la lame fend la grosse motte grasse.

Il a l'air d'avoir du travail.

Regardez-moi ça, c'est comme un œuf mort d'éléphant dissous et imprimé sur une pierre en positif, technique Saint-Suaire, mais il n'y plus un fossile à force de brasser, dit-il, en mâchon-

nant ses mots, s'appuyant les deux mains sur le
T que fait la bêche, chemise à carreaux manches
relevées, costume noir à boutons dorés, casque
colonial.

Ça doit plutôt être lui le jumeau en question, le
gars des fouilles.

Il y avait un bon paquet d'ammonites là-dedans,
fragments de poterie, outils âge de fer impeccables, agates magnifiques sculptées en forme de
pénis rituel, tout un fourbis bien rangé par couches, il n'y a plus rien à force de tout retourner,
ils ont tout pris, les Beaux-Arts en tête, bonjour
c'est la commission Machin, il paraît que vous
avez trouvé 576 kg d'or carolingien.

Merci l'État.

Pour avoir des légumes malades, hein, après, il
me lance, hurlant, avec tout ce qu'ils mettent dedans, pour la chasse, les nouvelles lois c'est pareil, c'est décidé par des gens qui n'ont jamais
vu un vrai sanglier de 200 kg leur débouler dessus un beau matin au bureau, en avant le trans-
génique musclé, les perdreaux géants, les
hirondelles dopées, vous savez c'est déjà l'île du
docteur Machin, et on veut nous interdire à
nous la chasse traditionnelle que nos pères et
nos grands-pères avec l'aide de leurs seuls chiens
admirablement dressés, hein ? avec un prélèvement raisonnable, intelligent, respectueux du

biotope, égal ou inférieur à 7,25 migrateurs/saison par fusil adulte.

Ma sœur, elle c'est l'arc, vous connaissez ma sœur ? il renifle, on habite tous la même maison, alors bien sûr, on discute, hein ? c'est la famille quand même.

Et vous ?

C'est là, pour m'en sortir, que je me lance dans une explication trop longue, je lui dis que la scène, ici et maintenant, dans ce merveilleux coin de pays qui est le vôtre, etc., et surtout me fait penser à un livre où au début le héros-enfant longe le mur énorme d'un domaine en contrebas, comme si le mur tournait mais en même temps s'enfonçait dans la route.

C'est trop long, mais c'est sincère, pas de réponse, rien, la bêche plonge dans la terre poussée par la botte.

La scène, ici, je recommence d'un air appliqué, sans le moindre mouvement suspect des yeux ou des mains qui pourrait lui faire croire à une quelconque ironie, maintenant, je poursuis en montrant l'endroit où l'on est, insistant, en désignant le sol de l'index, ici et maintenant à cause des couleurs, à cause de l'ambiance qu'on ressent, à cause de la lumière spéciale et enchanteresse, me fait penser à un livre, un livre qu'on m'avait donné et que j'ai lu autrefois, où, au début de l'histoire, le héros, encore enfant, mais obligé de tenter l'aventure pour des raisons complexes familiaro-financières, au bout d'un assez long voyage plutôt réussi, longe le mur énorme d'un domaine, exactement comme ce mur-là, et il a l'impression étrange, comme quelqu'un qui devient aveugle en trois minutes, que ce mur, et donc le paysage presque tout entier, s'enfonce en tournant et disparaît dans le noir.

Petit bruit de bêche.

Ça m'a fait penser à ça, vous voyez, c'est comme quand on tourne le diaphragme d'un appareil photo en gardant la touche contrôle de profondeur de champ enfoncée, ça va vers le noir de plus en plus.

J'explique, j'ai tort, j'en fais trop, je n'aurais pas dû, pour une fois que je parle, je ne suis pas en vacances je prépare un projet très important, j'ai quitté des choses très importantes pour ça, j'aime quelqu'un, j'ai perdu quelqu'un.

Rien, silence, nuit d'un coup, noir.

(...)

Profondeur de champ enfoncée, noir, petit bruit de bêche.

(...)

Il neige ?

Et si j'allais boire un verre pour me remonter.

Bar.

Un oiseau a certainement en mémoire la forme simplifiée de l'aile de ses ennemis, faucon, épervier, aigle, etc., noire sur fond blanc comme les silhouettes d'avions distribuées aux pilotes avant la mission.

Pour ne pas descendre un allié.

J'entre, ffft-takatakat, ils se retournent tous d'un coup, un petit froid, pause, double bourbon, laisse-moi la bouteille, pause, séance d'identification rapide, tous alignés derrière la vitre sans tain en rang d'oignons.

Plafond en bois noir verni, poutres énormes, parquet avec sable, tables à cartes et dominos au fond, grand miroir, barre repose-pieds, crachoir en laiton, une demi-douzaine de clients silencieux.

Stud-poker à 5 cartes ?

Menu affiché à la craie, barman à barbichette rousse, yeux vides, frottage machinal de comptoir, bras comme des jambons, qu'est-ce qu'il veut le petit monsieur ?

J'hésite.

Dong, sonnerie, une native obèse pose une plâtrée de maxi-sandwiches barbecue dans le passe-plat, pain noir et or zébré par le grill.

Pause.

Comme des lettres de feu sur une planche de bois suspendue à l'entrée d'un ranch sur lequel on cloue un corbeau mort pour faire comprendre aux gens qui ne savent pas lire qu'il n'y a pas écrit Bienvenue au club.

Un cul de vache marqué au fer rouge avec mes initiales entrelacées, la vraie vie, on se lèverait tôt, on traverserait des prairies au galop, etc., le centre du toast s'amollit à cause de la sauce, ce qui doit contraster agréablement avec le croquant du bacon.

Téléphone.

C'est ça, mets-moi 75 râbles de lapin et 12 kg de foie de volaille, t'as encore du gésier ? (…) quoi ? me regardant, il raccroche.

C'est combien le petit bol de chili sans riz ?

On fait pas ça, sauf dans le menu, sinon c'est grand bol avec riz, sauf si le nouveau patron ce-serait-plus-moi-depuis-ce-matin, rire général, deux types vraisemblablement hollandais s'approchent de moi lentement armés d'une hache et d'un grand couteau à dépecer.

Je claque la porte, l'air brûlant me tombe d'un coup sur les épaules, je fais démarrer en trombe le pick-up rouille, climatisation à fond, je roule, je longe des cyprès noirs sur la rive du bayou, on entend le clapotis des perches, c'est déjà le soir, je roule, retour maison, je débarrasse calmement la pelouse des paquets de feuilles et de coques de pacanes humides, je prends le canoë en aluminium et je me laisse dériver dans le courant, pagaie simple, gros thuyas aux racines blanches, oiseaux verticaux, d'un coup.

Si on est dans un roman policier qui se passe dans le Sud.

Non, c'est par là, on m'appelle, venez boire un verre à la maison, nuit noire, Anglaise maigre à gros nez, couperose, cuisine blanche, drogue bizarre, incompréhension, anti-Songe d'une nuit d'été, rien.

Oublions.

Retour, phares, champs de blé sous lune, lacets noirs, changement de vitesse, je reviens par paliers, je reviens au point de départ, j'ai posé des cailloux blancs à chaque croisement.

Retour.

Il y a une porte à l'arrière, je ne savais pas, je rentre, ajouter ici l'idée qu'une question trop difficile peut se simplifier si on la contourne par l'escalier de service.

Si on est architecte dans l'âme.

Je glisse, je grimpe une série d'escaliers, je file vers le haut, course hélicoïdale entre armures et tableaux, dans une autre vie j'aurais pu être domestique dans cette maison, j'aurais tout bien astiqué à fond, j'aurais amélioré des choses.

Dans le corridor, il y a accrochées de très grandes photographies grises, aérolithe dans le désert ? vue de ciel noir zébré d'éclairs à l'héliogravure.

Plongeur dans l'eau noire ?

Chaleur maximum distribuée par deux énormes poêles en faïence blanche à feu continu, tout en bas dans les soutes.

Chaleur.

Dans l'escalier, tapisserie à action lente : un lion
égorge un homme en habit de saint sur fond de
verdure où broutent deux licornes indifférentes.

Autrefois d'un coup.

Je grimpe quatre à quatre je cherche une vue du
dessus, de l'air.

Je grimpe.

Il y a des trous, on voit des scènes à chaque
étage, c'est lent, on peut regarder sans être vu,
un sculpteur exécute une fontaine commémora-
tive, un monument aux morts ? le modèle est un
couple, nu assis sur des caisses en plastique, la
pose dure depuis visiblement très longtemps,
l'artiste a la tête cachée dans ses mains.

Désespoir ? ennui ?

Au-dessus, dans une sorte de boudoir étouffant,
un type assez volumineux, grosse moustache, en
habit, camélia à la boutonnière, gilet ivoire, anneau noir à l'index, devant un rideau rouge,
voix de basse avec pointes brutales vers l'aigu,
sombre piano de concert Érard, pivoines énormes presque fanées dans pots chinois bleu delft,
tient un petit être flou sur ses genoux, c'est lent.

J'écoute.

Vous êtes complètement idiot, c'est le télescope qui invente les étoiles, hein mon bébé ? lui pinçant l'oreille, il faut inventer l'engin avant et regarder après, la vie est inductive mon petit poulet.

Je grimpe plus haut, un quatuor joue aux cartes dans un silence de mort.

Encore plus haut.

Un type, dans un coin, à genoux sur un tapis rouge foncé, cheveux au bol, veste d'intérieur vert amande à brandebourgs, manœuvre un téléphérique en métal peint sur des câbles assumés par deux fils tendus du mur en diagonale jusqu'au plancher.

J'écoute.

Entre du fond de la scène un petit être, il doit y avoir une porte cachée dans la bibliothèque ? cheveux sculptés dans la masse, bouc maigre, veste beigeasse, mocassins pointe en l'air, tête d'iguane, c'est vous Frantz ? demande le conducteur de téléphérique, réponse du nouveau venu : j'ai perdu mon sac à main, perdu ou volé je ne sais pas, c'est terrible.

J'avais tout dedans.

C'est un pépin terrible qui m'arrive, volé ça me paraît impossible, je n'ai été en contact avec absolument personne, personne n'aurait pu s'approcher de moi à aucun moment, perdu ? dans l'herbe ? dans un bois ? je n'ai été dans aucun bois depuis 1000 ans, sous un coussin de fauteuil ? vous qui vous y connaissez en boules de cristal, vous ne pourriez pas me donner un coup de main ?

Grincement du téléphérique.

Vous vous souvenez du coup du pendule sur la carte et c'est là que vous avez retrouvé le chien enterré dans le ravin, ça donne un espoir au fond votre méthode, pour tout ce qui peut arriver, cancer, etc., perte d'un proche, difficulté, c'est un don.

J'écoute.

Notez quelque chose, ajoute-t-il après un silence pesant, le timbre dans l'affaire Grégory, ils n'ont jamais pu savoir si c'était l'ADN du beau-frère, il y avait celui du facteur, de la sœur, du buraliste, etc., qui a léché le timbre ? allez faites quelque chose pour mon sac, le truc du pendule sur la carte.

Allez, un petit geste.

Je n'y crois plus, répond sèchement le conducteur de téléphérique bras croisés, sourire satisfait aux lèvres, j'ai fait mon autocritique, je n'y crois plus, je ne suis pas croyant, terminé.

Encore plus haut.

Une chambre, personne, je rentre, lumière, c'est déjà le matin.

Bleu-eu.

Accoudé à la fenêtre, il faut que je me reprenne, il faut recommencer, condition physique maximum, mental d'acier.

Avenir.

Un mince filet d'eau longe les murs qui pourraient ressembler à des douves profondes si on était à 300 mètres de haut, devant un gazon, tapis vert impeccable jusqu'à une forêt où certainement une succession de fûts immenses à l'infini diffracte les rayons du soleil manifestant par là le signe de la présence d'une instance supérieure.

Ça c'est de la forêt.

Eh oui une des plus belles du monde, me souffle
à l'oreille une voix inconnue, je me retourne,
une femme assez mince et très grande, la main
sur mon épaule.

Des cerfs splendides.

Vous savez, la jungle, si on est dehors, ça ressemble à un bosquet de jardin public, la seule manière des les avoir c'est à l'arc, ils attendent le
premier-premier lever du jour, le moment où
vous pensez qu'il fait encore nuit, pour se ruer
sur les pommes bien mûres que vous avez étalées
la veille en dessous de votre mirador, camouflé,
et là boum.

Elle mime la flèche qui vibre dans un corps X.

Encore que la chasse à l'arrêt, dans le paysage,
sous le vent, c'est pas mal non plus, à hauteur
des herbes, le nez en avant, comme un chien,
elle écarte ses cheveux en deux couettes et se
penche en avant, la jambe droite tendue en arrière, le décor ondule à peine sous la brise et pas
vous.

Ça c'est du ballet.

J'aurais dû être chorégraphe, elle s'assoit épui-
sée, il y a un hic, c'est que vous ne devez pas être

173

complètement immobile non plus, tout bouge, mon vieux, à peine, mais ça bouge, il faut bouger pareil, une statue dans un parc, c'est pas du camouflage, faut être dans le tempo, sinon vous êtes marron, mon grand-père qui était sculpteur avait inventé le camouflage pendant la première guerre, inventé c'est un grand mot, disons qu'il a appliqué des techniques d'artistes à des pratiques de guerre, faux arbres morts en plâtre peint pour planquer un tireur, soldat mort en bronze entre deux tranchées avec trou dans le casque pour glisser un flingue, etc.

Ç' a dû être une bonne rigolade.

Vingt secondes avant le tir, on anticipe tout ce qu'on va faire, on récapitule la sensation du matériel et surtout on visualise l'instant où la flèche pénètre dans le cercle qui se trouve être un cœur de cerf, mais ça c'est secondaire au moment T, la visualisation ça se travaille à la maison, en état de relaxation vous faites l'exercice mental qui permet de se regarder effectuer le mouvement sous tous les angles de tir, devant, sur le côté, etc., extérieurement et intérieurement et toujours voir pénétrer la flèche dans le centre.

Voyez, moi je le fais tout le temps, je me balade dans ma chambre et ffff dans le mille, à table, crac dans la soupière, j'ai failli me faire couper le sein droit pour améliorer la traction, pas d'in-

174

terférence mentale, en apnée d'un demi-volume pulmonaire, pression de corde 23 kg, centre de gravité très bas et surtout oubli de la flèche précédente.

Le grand champion c'est celui qui oublie.

Attention, après une longue pratique, on risque de perdre le sens naturel de la trajectoire, l'idée enfantine : je dois mettre ma flèche ici, en sentant les tourbillons du vent, attention hein, c'est intellectuel hein, elle lève les deux mains et fait le geste rapide que font les étudiantes américaines pour dire *entre guillemets* c'est intellectuel, mais c'est au service de la sensation pure, elle lâche mon bras et s'écroule à genoux sur un petit fauteuil sans bras comme pour prier.

En sanglots.

Venez, on s'emmerde on va se faire un petit coup de bridge.

Le type qui ressemble à Peter Sellers, pantalon mou, mocassins à glands, à l'est, la femme très parfumée à chignon vertical blanc neige, maquillage bleu-vert, au nord, le gros homme rouge à moustache armée des Indes encore jamais vu au sud, et un tout petit type maigre, très blanc, petits yeux rouges très rapprochés, fait le mort.

3 trèfles.

Moi je veux bien que vous fassiez un barrage, à votre guise, allez-y mon vieux, mais vous connaissez le coup du boomerang, à des paliers comme ça les risques de pénalité sont énormes, à moins d'avoir une couleur extrêmement solide, ce qui n'a pas l'air d'être votre cas.

J'aurais dû dire 2 trèfles.

Je ne sais pas mais vous devez éviter les levées défensives sinon votre partenaire, je vous rappelle incidemment que c'est moi, risque de se battre dans le vide, à partir du moment où l'on se montre extrêmement strict sur la qualité de la couleur longue, la notion de vulnérabilité passe au second plan.

J'aurais dû dire 2 trèfles.

La présence d'un singleton dans la couleur adverse rend la main d'autant plus intéressante sur le plan distributionnel.

On vous a dit dix fois de ne pas raconter vos stratégies en permanence, c'est rasant, et en plus c'est idiot.

J'aurais dû dire 2 trèfles.

Jour sombre, oh jour sombre, murmure la femme au chignon : oh †, eh, vous nous fatiguez avec vos poèmes à la noix, répondent les trois en chœur.

Vous connaissez l'histoire, euh, bégaye le Peter Sellers, l'histoire très drôle du, euh, le type qui rencontre et qui dit (...) non c'est pas ça, c'est ? quelle est la différence entre une vache et ? un ? un frigidaire, c'est ça, c'est excellent, ah-ah, il rit sans arrêt en parlant, alors c'est ?

Silence lourd.

Eh bien il y en a un qui, euh ? quand on sort la viande, c'est ça, il y en a un qui ne ? ah-ah (…) c'est le frigidaire, hein, quand on sort la viande.

Silence.

Ça me fait penser à un type qui avait fait un truc totalement idiot mais radical, un opéra bouffe, ah ah, bouffe comme *bouffe* : il s'est glissé un micro-cravate dans l'intestin et en avant, son à 120 dB, petit tapis de guitare électrique dessous et c'est merveilleux, juste avant il se tape une paire d'andouillettes et des quenelles à la crème.

Arrêtez vous me déconcentrez totalement.

Je fais des poèmes, je les lis en public, c'est un art majeur, glapit la femme au chignon en avalant une rasade de scotch-perrier, ça n'intéresse personne aujourd'hui, il y a peut-être des gens encore d'exception qui comprennent.

J'aurais dû dire 2 trèfles.

Hhm-hhhmm, ponctue toutes les dix secondes le petit homme aux yeux rouges en mâchant un sandwich au concombre avec la lenteur des gens habitués à ce qu'on ne leur enlève pas leur assiette sous le nez, petits gémissements de plaisir

qu'il fait passer pour des gloussements lauda-
teurs.

On dirait qu'il encourage de la voix un couple
de bœufs tirant un attelage dans une côte très
dure.

Il me regarde.

Regarde-moi dans les yeux.

(...)

Déshabille-toi, oui toi.

(...)

Complètement.

(...)

Enlève ça aussi.

(...)

Viens sous la table, allez, dis-lui de faire le chien, allez viens, fais le chien, viens sucer la queue-queue à papa, oh il est gentil, oh ça c'est gentil ça, doucement, c'est qu'il mettrait les dents le petit fumier, doucement, je disparais sous la table.

(...)

Cerveau zéro, je suis dans la vase.

(...)

Sous un kilt : énorme quantité de poils.

(...)

Chaussures géantes.

(...)

Je ne dis rien, je ne dis plus rien.

(...)

T'arrête pas je te dis, allez bouge, j'entends les voix, c'est fini.

(...)

Il y a un cheval.

(...)

Il neige.

(...)

Noir.

Si on jouait au poker plutôt ?

C'est plus rigolo, allez-y, blindez avant de toucher la carte, merci, sous la table j'entends tout : dis donc toi, prononcer twoué, pour rire, tu devrais te déguiser comme ça pour la réception demain, oui toi.

(...)

Tu restes comme t'es là et t'y vas, succès garanti, répète le Peter Sellers, hein ? qu'est-ce que vous voulez dire ?

Eh bien que je vais te la mettre dans le f..., dans le quoi ? dans le fion, f, i, o, n, un temps, tapotant ses cartes, vous êtes dingue, vous perdez les pédales complètement, vous vous rendez compte de ce que vous me dites là à l'instant, là, répond le petit homme soudain galvanisé, regardez-moi dans les yeux quand je vous parle.

182

Deux cartes.

Tu devrais te déguiser comme ça, *nature*, ça se-rait un choc pour les gens.

J'ai un tonus incroyable ces derniers temps. Je fais de la micro-sophro, pérore la poétesse au chignon vertical, ça me vide du négatif, comme le golf, les cicatrices émotionnelles grimpent à la surface et pfuit adieu, et Dieu sait que je stocke, je continue à faire des poèmes tous les matins, je mets juste bout à bout mes sensations, ça fait des blocs répétitifs superbes, on a l'impression que la terre tourne, le soir je fais des lectures aux amis, c'est merveilleux, ça vaut tous les mé-dicaments, j'ai eu un ver solitaire dans les an-nées soixante c'était le Loch Ness, j'avais les dents jaunes, rien à faire, à cause des doses mas-sives d'antibiotiques en bas âge disent certains.

Un bon coup dans le bas du dos, Barouf dans le derrière ma grosse, c'est le titre du poème qu'on va te réciter, interrompt le moustachu.

Vous êtes malade.

Je suis normal, je suis marié et analyste, j'ai 6 en-fants, je suis commandeur de la Légion d'hon-neur, j'ai la Victoria Cross in memoriam, pour Services Rendus, et ici le vert là c'est quoi ?

Avec des feuilles de chêne et un petit aigle ? ça ne vous dit rien ?

Oublions.

J'ai mal à la main droite depuis hier, crac, d'un coup, arthrite ou contracture, intervient la poétesse, j'ai mal dans le pli du bras, tension, c'est un jour †, elle se signe furtivement.

Deux carreaux.

C'est une annonce trop émotionnelle, c'est le contraire de ce qu'il faut faire, vous allez chuter, l'année dernière j'ai eu un zona atroce, ce n'est pas rigolo vous savez, ajoute le moustachu, je travaille trop, les 35 heures, très bien, et qui est-ce qui nous fait les heures qui manquent ?

Les patrons.

Qu'on ne vienne pas me dire que les gens souffrent, autrefois il y avait des enfants de 5 ans dans les mines, maintenant c'est barbecue dès le jeudi soir en RTT, il y avait de l'excès dans un sens d'accord, maintenant c'est à l'envers, déjà en 36, absolument, ils avaient poussé le bouchon, faut des réformes mais en douceur, sinon on casse l'outil, et l'outil, si on est républicain comme moi, il est à tout le monde, hein ? alors on est responsable.

Souffle.

Ma secrétaire loue juin-juillet une villa à Dinard
en première ligne, elle fait du jogging avec son
labrador au Polo, etc., alors moi je dis terminé,
qu'on ne vienne pas me dire à moi ce qu'est une
entreprise hein ? les PME en ont pris plein la
gueule à cause des cocos, c'est tout vu, faut pas
me la faire à moi hein ? il s'énerve de plus en
plus.

Max, vous voulez un verre d'eau ?

Non merci, de plus en plus rouge, mais qu'on
ne vienne pas me dire à moi ce qu'est une entreprise hein, il s'écroule, renversant la table et le
minibar roulant.

Mort ?

Et là au moment où tout le monde s'affaire
autour du mourant, la poétesse soulève la nappe
et se penche vers moi, elle a défait son chignon
et s'est exagérément rajouté du rouge à lèvres,
j'en profite pour vous parler, rhabillez-vous,
deux minutes, j'ai vu que vous étiez un amateur,
je devine toujours.

Capricone ascendant balance ? hein ?

Vous connaissez le tableau de (...) le tableau
magnifique, tout petit de (...) ? c'est ça que je

185

voulais vous demander, oui oui, avec un saint au travail, saint comment ?

Saint ?

Vous lui ressemblez en plus petit, vous devriez faire saint, on pourrait s'écrire, qu'est-ce que vous voulez faire plus tard ? on a le temps, hein ? mais une destinée de taille ça se décide à l'avance.

Saint comment ?

J'ai une mémoire en morceaux, c'est terrible, sauf pour mémoriser mes vers, c'est incroyable, ça, comme si la nature m'indiquait la hiérarchie des tâches à accomplir, je suis pressentie pour le Nobel, contre un Islandais réfugié qui fait des néo-sagas.

Gémissements du mourant.

L'oubli du nom s'explique, me dit-elle, il vaut mieux ne pas trop chercher intensément un nom, moyen sûr de ne jamais trouver la pièce manquante et de perdre des millions de neurones à la seconde pour toujours, opération coûteuse, poursuit-elle, allumant un énorme cigare à un briquet presque chalumeau, l'oubli du nom s'explique, insiste-t-elle, lorsqu'il nous rappelle le sujet qui précède immédiatement cette conversation et qui vient la perturber, contradiction intérieure venue d'une source refoulée, ajoute-t-elle dans un souffle, terminé par un petit rire sur le re-fou-lée.

Gémissements du mourant.

Avant de faire psy pour l'alimentaire, j'étais plutôt zodiaque et morpho, maintenant je fais des poèmes personnalisés, au fond, ils ont tous fait ça plus ou moins sans le savoir, respiration courte, odeur de bouche étrange, s'approchant très près de mon visage, l'espace brusquement élargi au grand-angle.

J'avais déjà vu cette femme quelque part, en homme ? sans moustache ? chauve ? En uniforme de quelque chose ? Avec des lunettes ? gémissements du mourant, je ne vous ennuie pas j'espère ? s'approchant très près, vous savez j'adore la poésie, j'en écris toujours en marge de mes travaux, j'ai vu que vous étiez un pur et dur, un amateur, un vrai, il se trouve, par un hasard extraordinaire, que j'ai sur moi une plaquette qui réunit une série de petites pièces, je vais vous en lire une, si ça vous ennuie arrêtez-moi, si vous trouvez trop long, dites-le, n'hésitez pas, dites stop, ça ne me gêne pas du tout, je préfère qu'on me dise la vérité, la vérité c'est précieux.

Gémissements du mourant.

Pas mal hein ? vous avez vu la construction ? inversée, eh oui, tout est à l'envers, hi hi, c'est du travail bien sûr mais ça ne prouve rien, le travail, j'ai mis au point une théorie générale du souffle, ça marche pour tout, indémodable.

Gémissements du mourant.

Venez chez moi à la prochaine lecture, si, si, allez, vous savez pour moi tout est lié, je fais tourner des tables, c'est mon côté Guernesey, vous connaissez Guernesey ? Hugo ? le barbu ? je me suis reconstitué un salon exprès, tout en bois noir sculpté avec gargouilles, draperies, crédence, mobiliers de Palazzo.

Des esprits il y en a partout, ah là là.

Ça se reproduit à toute vitesse, il faudrait que vous connaissiez mon oncle, absolument, il est pour vous, d'autant que vous en avez besoin, à mon avis, absolument.

Gémissements du mourant.

Allez chez lui de ma part, il a des tas de choses amusantes sur des sujets qui vous concernent, si vous voulez vous prendre en main, vous n'êtes vraiment pas en forme, vous au-delà du blanc, vous êtes vert, ça fait un moment que je voulais vous le dire, accueillant, très accueillant mon oncle, et puis dans un site évidemment stupéfiant, ça c'est sûr, ça aide.

Grande documentation, les types qui courent la forêt, les saints en apnée sur des glaciers, les gens qui restent vingt ans sur un pilier à cinq mètres de haut.

Il cherche un assistant.

Villa Einstein

Voiture noire, buée sur pare-brise, paysage toujours vert, c'est loin.

J'y vais.

Avant de disparaître complètement, mieux valait prendre quelques conseils, il me faut un spécialiste, on ne peut pas avoir toujours raison tout seul.

Un dernier effort, c'est ridicule, on se croirait dans cette série où le héros va rituellement voir un vieux type dans un sous-sol indéterminé, pour recevoir matériel neuf et mode d'emploi, on ne sait pas où on est, ambiance base blindée à 1000 pieds sous terre.

Si on est dans un film d'espionnage.

Comment s'en sortir ? sortir vers où et pourquoi ? quels sont les risques ? que faire ? pourquoi ? pour qui ? vers où ? avec quelle partie de qui relier les parties extérieures de moi ? rester seul ? combien de temps ? pourquoi ? quel intérêt ?

C'est loin.

C'est vert, c'est en creux, je m'enfonce dans le paysage, décor courbe de tout, élastique vert profond, petit jouet noir, voiture perdue dans les lacets.

Je roule.

Une seule personne vivante sur des kilomètres : casquette énorme, épais sourcils tremblants, cigarette maïs, au bout d'un chemin de terre, bras appuyé sur l'aile rouge tremblante du tracteur en marche.

C'est par là ?

Ah pas du tout, faut revenir en arrière et là toujours à droite tout droit et après des tournants, silence, il mime une route qui serpente, jet de fumée du mégot jaune, après il y a la route au pylône, faut pas la prendre, après il y en a une autre, faut pas la prendre non plus, après c'est celle-là, au bout et à gauche et puis il y a des grilles.

Faut attendre.

Paysage toujours vert, descente en lacets sombre, remontée direction les champs jaunes, c'est loin, vapeurs d'essence du champ surchauffé, vapeurs d'essence ? vapeurs ? on pense que c'est de l'essence, on dirait un champ en feu, ça brûle lentement, c'est loin, c'est seulement la chaleur qui fait des volutes comme un brusque accès de larmes qui brouille la vue, un défaut sur une vitre qui tord le paysage, pas d'essence, pas de feu, rien, un bâton plongé dans l'eau qui fait naturellement un angle impossible.

Quoi d'autre ?

Un film de famille 8 mm couleur ? je n'ai plus d'idées, manquent les neurones qui fabriquent la molécule productrice d'enchaînements libres, je vais m'endormir au volant et rentrer dans le décor comme un imbécile.

Film de famille couleur tremblé, tout sort de chez le glacier, comme disait un cinéaste, maillot de bain safran de la cousine X, chapeau outremer de la belle-sœur de Y, bassin vert anglais, turban rouge d'un homme qui agite le bras en regardant la caméra, oh-oh : bonjour pour plus tard, bonjour dans souvenirs pour Demain.

C'est loin.

Faire passer un message au spectateur est interdit au cinéma, un clin d'œil appuyé, deux doigts

195

en V pour Victoire, ou, derrière la tête du cousin, plumes ? cornes ? oreilles de lapin ? ou l'index pointé en avant : t'as vu comme je danse,
yes, clin d'œil.

Ça doit être tentant.

Manque ici une vraie bonne musique de début :
effet de souffle, effet de tremblé, réverbération
de tout, pur bruit de bruit, comme si on avait
augmenté le son de choses qui d'habitude n'en
ont pas, bruit de champ, bruit de chaleur sur
une route, vibration générale de nature.

Comme si les choses avaient un son.

Et si j'arrêtais de parler tout seul, ça ne sert à
rien, vous *devriez vous laisser aller*, pour changer,
si j'arrêtais d'entendre des phrases, quand on
s'entend brusquement lire à voix haute, c'est
terrible, on est obligé d'abandonner.

Conduire sans penser, passer les vitesses le plus
doucement possible, écouter le moteur, rétro-
grader, freiner imperceptiblement, aborder la
courbe comme sur un fil tendu, virages spirales
à la marge floue du blé, comme on court très
vite en regardant fixement les herbes, je ne
pense à rien, paysage vu d'un train tête par la
fenêtre, le mouvement des vivants échappant au
temps de pause.

Comment penser sans voix ? comment penser à toi sans voix ? comment ? comment te retrouver ?

Disparue dans une mare ? terminé, c'est loin, tes yeux tordus, comme un bâton plongé dans l'eau fait un angle impossible.

Yeux tordus.

Brusquement maison, briques rouges presque grises comme sur la photo.

C'est là.

Potager, une variété par carré, un hectare de carottes, un de choux-verts, un d'artichauts, un de ?

Ç' a été le voyage ?

Une voix brusquement collée à mon oreille : quel paysage hein ? ça c'est du potager, verdure organisée, un seul légume par carré, pour faire une soupe faut être en forme, c'est là où commence l'entraînement, hop-hop, le tarzan du carmel, le zatopek du mont Athos, culture extensive, un marathon sur une pente de 65 % ça commence à devenir sport, j'aurais dû recréer des montagnes, vous imaginez l'investissement, allez, j'exagère, j'arrête, bienvenue, je vous attendais, oh là là c'est mon défaut, j'en fais trop,

j'ai des problèmes comme les autres, absolument, c'est les cordonniers les plus mal, etc.,
c'est par excès d'émotion, personne ne vient jamais plus, bienvenue, j'adore, j'aime les nouveaux, tout beau, qu'il est joli, doucement, c'est
votre chien ? il est gros, Grüssgott, hello, wel-
come, on aurait dû mettre des banderoles, avec
le personnel au grand complet en livrée ici en
ligne, si on a du personnel.

J'ai lu la lettre de recommandation de mes neveux, on dirait une pétition, c'est un peu exces-
sif, vous m'avez l'air d'être un cas épatant.

Pause.

Charmants mes neveux, mais comment dirais-je,
incomplets, trop *spécialistes*, aucune vue d'ensemble, surtout les jumeaux, passés du côté capital international, ils ont ramassé un fric fou, avec
une série de petites saloperies et pas mal de
chance, le deuxième, celui qui est un peu plus
petit, il a commencé par renflouer des épaves
sur la côte ouest, jackpot avec le Titanic.

Pause.

Je les aime bien vous savez, même si je les trouve,
comment dirais-je, à force un peu ordinaires,
hein, trop grosse voiture, idées fixes, problèmes
d'impôts, sexualité rituelle, Côte d'Azur, etc., vi-
laines cravates, villa à quarante briques/juillet,

199

fuel bateau non compris, transfert hélico, etc., fille pour émir, etc., une race terrible, les autres c'est pire, il y en a toute une ribambelle, exilés dans la campagne, un vague psychiatre incompétent, on est brouillé, c'est la décadence.

Pause.

Ma nièce, c'est autre chose, j'avoue, elle est à la fois traditionnelle et moderne, je la trouve, comment dirais-je, fantastique, nom de Dieu, un vrai caractère, elle vous dégomme un sanglier à 200 m d'une seule flèche, elle fait des clafoutis sublimes, ah là là, elle est ravissante, c'est une de mes créations.

Souffle.

Ils vous ont dit bien évidemment que je ne prenais plus personne pour l'entraînement, c'est terminé, hein, pour après n'avoir jamais un merci, rien, rien, rien du tout, une vague sympathie condescendante tout au plus, si les gars réussissent, hein, plutôt mourir que d'attendre quelque chose de ce type de gens, même pas une petite lettre, je dis même pas lettre, allez juste trois petits mots aimables griffonnés sur un bout de bristol, une page de cahier, ça a l'air *énorme*, si vous ne savez pas écrire, mettez une croix ici, si vous n'êtes pas éduqués un minimum soyez des primitifs élégants.

Pause.

Ermite très bien mais saint, saint c'est une autre paire de manches, c'est pas parce que vous bouffez un morceau de vieux fromage par semaine en attendant les visions que vous serez canonisé, il faut être politique en plus, il y a du dossier en attente chez le Saint-Père, imaginez la tête de mes gars le jour de l'Accueil quand je leur sortais ça, ah ça les foutait par terre, c'est le but.

Il souffle.

En tout cas bravo quand même, que oui c'est légitime de s'intéresser aux ermites, je croyais être le seul, ah-ah clin d'œil, de toute façon, j'ai jeté les gants, un conseil quand même si vous voulez devenir un petit saint, faites-le, il s'agit juste de le faire, et surtout de tenir le coup devant les Doutes.

Nuage de moucherons.

Long moment incompréhensible avec voix extra-sourde, on dirait qu'il rentre dans un tunnel, on n'entend plus rien.

Tunnel.

Cri aigu, il ressort : ma technique de retraversée en rapide d'événements anciens pour-faire-le-vide est assez datée, Ah j'en suis revenu du deuil, je n'y crois plus, en même temps je sais que même si je n'avais pas pris ma retraite, je vous aurais raconté ça quand même pour vous foutre la trouille, le coup de dire qu'on a abandonné, c'est le truc imparable, ça faisait partie de la méthode, le coup de C'est fini, ça aurait marché, que si.

Nuage de moucherons.

Je voudrais descendre de la voiture mais il reste appuyé sur la portière, tête entièrement passée par la vitre avant, débit accéléré, roulage des yeux, odeur inédite.

Cuir pourri ? chien mouillé ?

Comprendre pourquoi des gens abandonnent tout pour adorer une idole secrète qu'ils n'ont jamais vue qu'en songe, et encore pas tous, attention, c'est passionnant, et puis après commence un apprentissage douloureux.

Pause.

Aujourd'hui, pour prendre le maquis faut être outillé, on n'est plus en noir et blanc, terminé les bérets, le marcel et les Celtiques, c'est ce que dit toujours ma nièce, faut être moderne.

Blanc.

C'est merveilleux, absolument, elle a raison et vous aussi, bravo, je souris en hochant la tête le plus vite possible, je glisse ma main au ralenti vers la poignée de la portière droite, très, très lentement, pour lui certifier que je ne veux sortir de cette voiture qu'à contrecœur, désolé.

Parce que je l'écoute avec passion.

Il le faut bien, c'est légitime, c'est la coutume, on a le droit de sortir d'une voiture après tant de kilomètres à 53° plein soleil, malgré le choc que procure l'éblouissement de votre conversation.

J'adore.

Je vous le promets absolument je vous écouterais même le pied coincé sous une roue de tracteur, enseveli sous une avalanche, enterré six pieds sous terre.

Mais cette fois-ci je ne dis rien.

Je progresse, sport de silence total, épouser ce qui se dit, technique camouflage, sage comme une image, pas un mot, on verra plus tard l'avantage de cette méthode.

Opération Perroquet Mort.

Une vie sans paroles avec juste des gestes, cure de signes, je me coule dans le mouvement des choses, je compose, je suis habile à présenter mon corps sous des rapports qui se composent directement avec les rapports qu'entretiennent les machines entre elles.

Les choses infiniment machinées que sont des personnes X, Y, Z, les machinations de Machin et de Truc, c'est à partir de là qu'on peut faire remonter les choses, c'est là où on devrait pouvoir installer un endroit vivable possible, se faire une chambre dans l'ex-bûcher ou dans la cage de verre de la comptabilité du garage, là où personne n'avait encore dormi, il neige, endroit idéal pour s'en sortir en douceur en transformant les vieilles choses en bien.

Cette fois-ci, je ne le dis pas, je regrette de tout avoir raconté avant, je regrette, je regrette, cette histoire de lapin fluo est beaucoup trop compliquée, c'est juste une image, c'est tout, j'aurais dû dire : lapin fluo, je t'aime, un point c'est tout.

Et la laisser parler.

Vous devriez vous laisser aller, ils m'ont tous dit ça, pourquoi s'énerver comme ça ? vous êtes compliqué, vous n'êtes pas vivant, au sens *nature*, détendu, vous en faites trop, levant les yeux au ciel, alors que c'est le contraire, je ne suis pas assez compliqué pour être vivant, je suis un mécanisme pas assez artificiel pour ressembler à du vrai vivant.

Je ne le dis pas, c'est fini, maintenant Silence.

Vous avez frappé à la bonne porte mon petit coco, même si c'est un peu tard, c'est une histoire amusante pour des très petits débutants comme vous, je me suis reconverti, j'étais dans le survival pur tendance mage, après je me suis mis dans la psy de combat, remotivation dure.

Vous n'avez rien écouté, hein ? si, alors qu'est-ce que je viens de dire ? ça parlait de quoi ? prouvez-le, quoi ? je n'entends rien, quoi ?

Quand j'ai vu qu'il y avait des gens qui étaient prêts à payer très cher pour un week-end en camp de redressement reconstitué, redressement, c'est une litote, hein ? je me suis dit, en piste, bon, les jeux de rôle, je connais sur le bout des doigts, j'avais un ami américain qui était mordu, mais lui c'était ambiance club de chasse avec cabane club-house, concours de dégommage de bison, soirée sadisme entre couples de niveaux sociaux très opposés, et tout ça il faut dire dans un cadre somptueux, nature puissance dix.

Pause.

J'ai gardé les installations mais ça rouille, il y a
des ronces partout, j'ai abandonné, il faut un argent fantastique pour tenir ça en état de marche, et puis il faut y croire.

J'ai le hoquet.

Allez c'est encore pas mal ici, on peut être et
avoir été, en plus il y a un microclimat, ah ça
change de l'urbain mes cocos, ici tous les soirs
c'est Songe d'une nuit d'été, en avant messei-
gneurs par ici, il lâche enfin la portière et esquisse un pas de danse, ébouriffant ses cheveux
en perruque Charles Ier, dessinant du bout des
doigts une fraise gigantesque, moulinet de can-
nes à rubans, ici c'est les vacances.

Pause.

Oiseleur en chef du roi Machin, ça ce serait encore un travail faisable, hein, abattre des ours
pour un Ceauşescu, les chasses de Brejnev,
100 m de faisans alignés, ça avait de la gueule,
oublions la politique cinq minutes, il n'y a pas
que du mauvais partout, encore que, si vous êtes
nommé Grand Veneur, pour rattraper un faucon qui en a soupé de votre régime de souris
mortes et qui va se coller sur la branche d'un séquoia gigantea, on doit mouiller sa chemise,

petit-petit oh-oh viens mon lapinou, 30 m de haut, hein, vas-y.

C'est haut un séquoia.

30 m ?

J'y suis, je suis déjà tout en haut, dans le vent, la terre est ronde, je suis un point saillant sur une surface courbe, me voilà sur l'extrême branche, ça va vite.

Je suis le séquoia.

Ça bouge avec le vent, beaucoup plus qu'on ne le pense, tout bouge, je ne pense rien, ça marche, je suis dans le vent, je penche sans tomber, je penche.

30 m ? arbre peint sur ciel mauve, je suis ciel sur ciel, je suis dans le puzzle.

Couleur nuage.

Je suis un bâton plongé dans l'eau qui fait un angle impossible.

En l'air.

Entre mes branches, un motif de chiens courant inscrit sur un fond vert.

Je cours.

Un papier peint, une frise insonore, noms en K, sans bruit, lianes noires et blanches déroulées dans prairie vide.

Sans un bruit.

C'est ça, sortez de cette voiture, mon pauvre on dirait que vous avez voyagé dans une machine à croque-monsieur, donnez-moi votre veste, on va la retendre sur un cintre avec des poids sur une branche d'arbre pour l'aérer.

Asseyez-vous ici.

Non ce n'est pas sale, c'est le gris naturel du bois, il fait encore jour, c'est formidable, ah l'heure d'été, donc, je disais, ces ermites, revenons en arrière deux minutes, ces myriades de solitaires ont à peu près disparu, eh oui, c'est aussi pour ça que j'ai arrêté, fautes de clients, il y a moins de vocations et je ne suis pas le seul à m'en plaindre.

Pointant sa main vers le ciel.

Entendez par myriade, stricto sensu, hein, dix mille gars, pas à l'hectare, mais à la Province, en référence à cette admirable idée du découpage

211

du territoire, n'est-ce pas, qui isole des barbares et réunit du même coup des populations et des paysages, dans une amitié, comment dirais-je, linguistique, légale, éternelle, cette idée a disparu, les idées s'éteignent comme les élans et les rennes, je me demande d'ailleurs si le cerveau ne finit pas par condamner certaines fonctions faute de combattants, cric-crac, fermé pour cause de décès, il paraît que dans ce cas de figure, c'est l'hippocampe, n'est-ce pas, le bloc de cerveau, qui manque à l'appel dans l'hémisphère gauche ou droit ? cancer de l'hippocampe, quel chic, mais vous savez, ces gens-là ne souffrent absolument pas d'être privés de cette zone puisqu'ils ont perdu la partie active qui permet justement d'en appréhender le manque.

Pause.

Comme si les oiseaux se plaignaient de ne plus ramper sur terre comme le font si bien les boas, dont ils descendent sans le savoir, je commençais mon enseignement par des petites paraboles comme ça, pour frapper les types, ça les mettait sur le carreau.

Fascinés.

Vous me direz, c'est une technique, bien sûr, mais avec du recul on se dit quand même qu'il y a un don, persuader une bande de petits connards que vous avez The solution, la martingale,

le truc absolu, faut être excellentissime, parle allez, dis-nous, putain de merde, bon Dieu, le numéro du coffre est le 45-67-quatre-vingt (...) euh ?
ah, crac, trop tard.

Parle, allez parle, hurlant, vous savez il n'y a que
dans les films où on secoue les gens juste avant
leur mort, c'est qui ? qui t'as tué ? c'est ? (...)
clac, terminé.

Blanc.

Il y a un don peut-être, d'un coup, mais il y a du
travail, nom d'un chien, du tra-vail, c'est ce que
me disait toujours ma nièce : il y a du travail bien
sûr, mais il y a un don au départ, elle a raison,
elle est formidable.

Sanglots.

Oui nos ermites, n'est-ce pas, revenons à nos
moutons, c'est assez amusant pour un grand dé-
butant comme vous de voir ces légendes d'autrefois ressembler si bien à nos critères d'aujourd'hui
par un coup de billard historique mirobolant,
vous savez, c'est moi qui ai inventé la méthode :
faites exploser le passé dans le présent, ex-plo-
ser, réveil, bonne douche froide, trois œufs bacon, double scotch, le héros se sent vraiment
mieux, juste après le sérieux tabassage de la
veille, avec quelle main tu joues au billard mon
coco ? tu crois que tu vas continuer à boxer ? la

gauche, très bien, coups de marteau, sur chaque phalange, comme ça.

Crac.

Ces ermites, donc, je reviens en arrière, qui, en marge du monde monastique institutionnalisé, et le souvenir de leurs racines communes s'étant perdu, s'enterraient dans les solitudes alpestres et dans les forêts pour ? ils ont disparu et ?

Ah.

Je me suis fait de sacrées taches, café ? sang ? c'est votre faute, terre ? séquence ADN préhistorique ? j'exagère, oh-oh ze ze ze littttel crééééétcheure, il est à qui ce joli chat ? oh the Shèèèkspirienn'Crét'cheure.

Miaou.

Donc, nos ermites, ils ont disparu, mais pour réapparaître périodiquement parmi les hommes, barbe immense, cheveux fous, bure, etc., afin d'évoquer la menace de la mort et l'urgence de la conversion, cobayes pour notre future mort.

J'exagère, allez, il est affreux ce chat, il faudra un jour éliminer tous les animaux domestiques.

Ça va passer comme une lettre à la poste, vous exagérez avec votre main, vous voulez jouer au docteur ?

Je suis le chat.

Je longe le mur, je suis couleur mur, ton sur ton, je glisse, je ressemble, histoires sans paroles.

Je suis un mur.

Couleur statue : je suis une statue, Diane abandonnée dans un parc, yeux de mousse, chiens de pierre, robe de pierre, fée de pierre sur forêt noire.

Vert statue.

Je suis dans la mousse, l'eau de la fontaine accumule de la mousse, la mousse devient de la poussière, implique code Poussière.

Poussière.

Noir implique code Noir : je suis noir, on ne me voit plus.

Aquarium dans maison déserte, je suis dedans, ma mère est un poisson, implique code Poisson.

Je suis un faux arbre au milieu d'un champ, je travaille au camouflage, je progresse.

Je m'enracine.

Mon feuillage est fin et dense, une meute de chiens glisse, dans une houle noir et blanc, entre mes branches, ça cavale.

Je suis dans le tableau.

Regardez-moi dans les yeux quand je vous parle, vous êtes fuyant, vous avez les yeux morts, allez, retour à nos ermites, je ne sais pas si vous avez déjà assisté à une procession musclée, cagoules Ku Klux Klan, torches, grondements polyphoniques, et je te largue une tonne d'encens sur nos fidèles, réveil à la cloche, messe dans le noir, jardinage, énième recopiage d'un incunable rasant, re-jardinage, tournis dans le sens des aiguilles d'une montre, re-messe, etc.

Regardez-moi dans les yeux.

On peut comprendre l'envie de grand air de nos moines, hein, et nos mystiques décrochent, filent au grand air, nuit dans les montagnes-forêts, maison en cailloux, cueillette des baies, pêche intensive dans les torrents, une fi-fille des villes qui passe par là pour aller observer les écu-reuils, crac, sans encadrement minimum, les gars dérapent, pour tenir le coup, il faut un chef, absolument, ne me regardez pas avec cette tête, c'est ça l'idée n° 2 à retenir, même si vous êtes seul.

Regardez-moi.

Un de mes élèves s'est retrouvé comme ça dans une voie de garage, coincé tout en haut d'une maison, habitant littéralement dans l'angle du toit, ce qui est amusant c'est que le chef de famille habitait la cave, si on peut appeler cave un sublime basement donnant sur un jardin, c'est un choix, l'autre était tout en haut, une chambre dans la pointe du toit, comme une niche à chien en triangle, il a finit par peindre des miniatures sur des coquilles de noix et collectionner des pyramides, c'est terrifiant.

Aucun projet en lien avec la société.

Par ici, c'est la partie privée, ouvrez, c'est ça, pas mal à l'intérieur, hein ? ici, c'est Wachsmann, l'architecte, qui a eu l'idée, il m'a fait le même système que pour la villa d'Einstein, Einstein le vrai, eh oui, du néogothique préfabriqué, la maison thermo-moulée d'une pièce, jusqu'à la baignoire, y compris bibliothèques, escaliers, porte-savon, bloc opératoire, tout ce que j'aime a été gelé d'un coup pour toujours, ça c'est de l'amour en dur, monolithe et incassable hein, c'est pas des petites rigolades sur la plage, un petit coup et terminé, on file se laver au formol à la maison, hein, comme les petits gars de votre espèce, des petits salopards, des débris dégénérés sans colonne vertébrale.

Hein, ça parle ?

Ne dites rien, ma nièce m'a tout raconté sur vous, votre sexualité misérable, votre petite libido à trois balles, vos nostalgies médiocres, vous êtes un médiocre, un fruit sec, sans avenir, zéro, absolument, ne me regardez pas comme ça avec ces yeux de chien, pourquoi restez-vous sans bouger comme ça ? je vois très bien que vous n'êtes pas mort, ne faites jamais ça avec moi, attention, il y a un truc qu'il ne faut pas me faire à moi, hein, ne me faites jamais le coup de Je suis mort.

Souffle.

Étendez-vous là, les jambes d'abord, mettez les sangles vous-même, vous savez, pour conclure, j'ai faim, j'abrège, nos ermites étaient déjà des types très forts en bureautique, regardez notre saint Jérôme, bien calé dans sa boîte bureau, rangé dans son meuble-à-penser, le gars a tout sous la main, distributeur de morphine encastré, boîte à saucisses, livres des autres collègues, bouquet de fleurs, crâne porte-crayon, crucifix ergonomique, copain lion avec épine opérable dans le pied, etc., dans le fond, et c'est la seule chose qui compte, il faut tenir le coup, ne me regardez pas avec des yeux ronds comme ça, dites donc vous avez une de ces mines de déterré.

Ouvrez la bouche.

Autocontrôle maximum de tout, vous ratez trois fois le code, terminé, vous n'avez plus jamais le droit d'utiliser l'objet que vous avez acheté avec vos petites économies, je me souviens dans ma jeunesse d'un restaurant d'une ville secondaire qui avait tenté la commande individuelle, un petit clavier à côté de l'assiette, supplément frites, code B4, ça n'a jamais marché, et maintenant ça y est, les choses se répètent, la première fois en farce, la deuxième en tragédie, le ridicule tue.

Oublions la politique.

Vous me rappelez ce héros d'un film, comment il s'appelait ? Replay ? Rippel ? Ziplay ? bref, un être très très passif et sans morale qui finit par tuer quelqu'un à qui il aimerait ressembler en le jetant par-dessus un bateau, en pleine mer, beau film, par une belle matinée technicolor, plein soleil, il prend son identité, scène formidable à la banque avec imitation de signature, et puis au milieu de ça des gros plans gratuits dans un marché aux poissons, ça se termine mal, j'ai arrêté de voir des films, je veux des happy ends.

Vous n'avez pas l'air bien, il faut parler, ça vous fait mal si je touche là ? non ? et là ? arrêtez de gigoter comme ça, c'est fou d'être nerveux à ce point, il faut se soigner, ça c'est des phobies, je connais quelqu'un qui les fait disparaître d'un coup, vous avez peur des pigeons : 3 mois dans une volière en accéléré, terminé, vous vous souvenez de l'artiste qui s'est enfermé une semaine dans une cage avec un coyote, les gars ne lésinaient pas autrefois.

Bruits de flacon de verre et de pompe.

Vous savez les gens diront toujours que vous faites semblant, d'un type qui fait la manche, on dit toujours qu'il fait semblant, le hic, c'est qu'il fait peut-être semblant mais, pendant ce temps, il le fait quand même, vous me suivez, pourquoi restez-vous immobile comme ça ? vous êtes malade, on dirait que vous avez pris racine, si je vous avais accepté en formation, je vous aurais détendu de force, moi, avec ma méthode, vous auriez été impeccable dans votre petite cabane, fausse grotte avec chauffage au sol, c'est étudié méditation, j'avais un groupe de designers pointus pour travailler la question, ergonomie maximum pour la prière, commandes vocales, lit qui garde une fois pour toutes la forme de votre corps, on était moderne à l'époque

Scie électrique ? merci, bistouri ? merci, perceuse ? merci, et aujourd'hui pas la peine de se laver les mains avant l'opération, juste *après*.

Ne bougez plus.

On aurait pensé au début que vous étiez un de ces faux ermites que des gens louent à la journée pour étonner leurs amis, pseudo-méditation, en tenue, dans une cabane au fond d'un parc, à force de vivre en sandales, le type finit par y croire, dites que vous êtes artiste on vous fichera la paix, moi je vous déconseille la religion, attention c'est mon avis, ça vaut ce que ça vaut, tenez, regardez ces images, il vous faudra de la constance pour tenir dans votre grotte, ce n'est pas un bed and breakfast pour le gars qui veut aller pêcher sur le lac avec le joli canot à moteur prêté aimablement par l'agence locale.

Grognements.

Avec vous il aurait fallu tout reprendre de zéro, ça

ne marcherait pas, vous imaginez le travail, prise de notes directes sous ma dictée le matin, sténo hyperrapide, transcription de bandes et tapuscrits impeccables le soir, dîner léger : tapioca, sardines, salade cuite, fruits au sirop à volonté, confession complète le soir avec destruction Mauvaises Pensées, poterie, expression corporelle, extinction des feux quand on a fini, ma nièce, ce régime ça lui a réussi, elle est capable de sauter en parachute au point zéro avec une marge d'erreur de 10 cm, elle vous prend un Uzi d'une main et un lance-roquettes de l'autre, combat de nuit au couteau-baïonnette, opération à cœur ouvert en forêt, mental d'acier, vitalité, sens du secours, bonne bridgeuse, et en plus elle est roulée comme un carrosse.

Je suis fatigué.

Tulutululu-poum-pom, musique générique, bonnes nouvelles, pas de nouvelles : Deuxième Jour de séquestration pour M. Robinson, kidnappé depuis x temps, tulutululu, allez j'arrête, on s'amuse, je fais l'avocat du diable, n'ayez pas peur, vous n'êtes pas enfermé mon cher, loin de moi une idée aussi démodée, j'ai un neveu qui persiste dans son château, pseudo-château, à force de rénovations, dans le genre rustico-Moyen Âge, carrelage pour salle de mariage de location, donjon-sanisette, s'amusait à coincer des types juste venus boire un petit coup, c'était kitsch mais amusant, petit théâtre en peau de panthère, mobilier royal refait en cuir noir, tableaux d'aéroport, etc., il s'envoyait tranquillement aux oubliettes les notables des alentours, pharmaciens, bûcherons retraités, pensionnaires de l'hospice, tu commences par me faire l'ours et puis après tu prends la chaîne là, question ordinaire à la classique : brodequins, chevalet, tenailles, hosto, il y avait liste d'attente au village, tout le monde voulait jouer dans le film d'horreur, c'est là qu'on se dit qu'il ne faut pas en rajouter, les gens sont volontaires, j'ai entendu quelqu'un de très haut placé dans sa communauté expliquer en substance que dans une certaine mesure les exterminations étaient toujours méritées, et que les types payaient parce qu'ils étaient des réincarnations de criminels, c'est fort ça, enchanté moi c'est Landru, ah moi avant j'étais un artichaut, désolé.

Allez j'arrête, je m'énerve beaucoup trop.

C'est pour ça que je me suis arrêté au fond, le cœur, tellement les gars étaient lents, comprenaient rien, zéro, c'est fatigant, je n'en pouvais plus, excusez-moi, j'ai une mouche dans l'œil.

Vous êtes mort ?

Dites quelque chose au moins, bougez la tête de haut en bas pour dire oui, maintenant, vous voyez que ça va.

Voi-là.

Ça y est, c'est fini, vous voyez que ça fait pas mal, c'est du 25 mg, dosé, sur mesure.

Ça ne fait pas mal.

Vous savez, encore un mot, j'ai une faim terrible, on va aller dîner, eh bien vous savez j'ai horreur des groupes, même si au fond j'admire les gens capables de faire avaler à d'autres des couleuvres énormes, le coup du Transit de la secte Machin, par exemple, il s'agit d'abandonner son corps physique et de filer à l'anglaise direct vers Sirius, devenue pour l'occasion Étoile Relais pour le Transit des Âmes, tant qu'à faire, et l'enveloppe charnelle reste à la maison, bilan 35 morts, moi je dis bravo au concepteur du truc, arrêtez de bouger ou je serre les sangles.

Attention.

C'est que ça bougerait ? c'est un tout petit guignol ça, je vais t'apprendre le respect, attention ne me faites pas le coup du Je suis la victime d'un serial killer, s.o.s, aidez-moi vite, n'essayez pas de vous créer un personnage, ça n'intéressera personne.

C'est à qui ce doigt de pied ?

Faut dire que vous avez fait une série de conne
ries exceptionnelles et impunies, comment ça
non ? vous avez foutu un bordel énorme mor
vieux, j'ai la liste dans la lettre, il paraît qu'ur
jour vous avez prétendu avoir voulu sauter par
dessus la tête de quelqu'un à pieds joints, vou
lui aviez simplement foutu un coup de tête, etc.
des folies, je rêve, le coup des toilettes du jardir
de mon neveu entièrement détruites, un pota
ger dévasté prétendument pour trouver des piè
ces d'or, comment ça *pour trouver des pièces d'or*
vous êtes très très déséquilibré, et ma nièce
alors ça, dans sa chambre, qu'est-ce que vous fai
siez dans sa chambre ? de quel droit ? les tor
chons et les serviettes, la folie pure hein, ma
propre nièce, vous lui sortez votre engin, tran
quille, comme ça, sous son nez, je rêve, dites-mo
que je rêve, alors que justement elle essayait de
vous aider, ça je suis au courant, pour essayer de
vous resocialiser, quand on me dit quelquefoi
que l'acte anti-social du délinquant fait partie dt
facteur d'espoir, je rigole, hein ? faut dire
qu'elle pousse un peu elle aussi, elle va finir à
l'Armée du Salut comme le truc de No-kill che:
tous ces crétins de nouveaux pêcheurs qui ne
mangent même plus leurs poissons.

Vous vous croyez dans un conte de fées ?

En tout cas moi c'est terminé le compassionnel, je vais vous dire le nom du couvent où vous allez rentrer, mon petit vieux, pour votre prise de voile on va d'abord vous couper ça.

Et ça.

Le sang coule par la rigole, regardez, c'est idéal, on pourrait se faire un bon boudin maison avec vous, avec les anesthésies locales multiples, vous ne sentez rien si je coupe dans cette zone, mais là un peu, non ? si je coupe l'autre main, attention, regardez moi ça, hop, vite fait bien fait on va lui faire un petit cercueil personnalisé.

Et ça.

On va faire des belles reliques, il faut trouver un nom de saint, c'est dur à vendre aujourd'hui, il y en a déjà des tonnes, on peut se faire une tour Eiffel avec les morceaux de la vraie croix, un collectionneur possédait 18 470 reliques, ce qui lui valait 902 202 années et 270 jours d'indulgence, bienvenue dans l'éternité.

Je vais vous faire une petite boîte à rognures d'ongles en or, ça c'est du marketing, on va se faire du chiffre, comme disent mes neveux, ils n'ont pas tort, *il faut faire de la marge*, sinon Adieu.

Il faut devenir adulte.

Sur ce mur-là on pourrait percer une baie vitrée, il y aurait un petit public pour la crucifixion, il repartirait avec des petits bouts de peau personnalisés, j'ai lu quelque part qu'un type du Moyen Âge voulait tellement un morceau d'une sainte X qu'il lui a arraché un doigt, avec les dents, crac, comme ça.

Il y a des clients.

Peut-être que votre cubitus va devenir un cyprès ? une limace ? la reine d'Angleterre ? la réincarnation c'est pas si bête, où vont mes quarks et mes protons quand je me décompose ? les vers de terre et les mouches vous embarquent ça dans les salades du voisin, cher monsieur, vous trouverez sous ce pli les neutrons de girafe importés par coccinelle que vous avez commandés.

Franco de port.

En tout cas on peut créer un jumeau à distance, je l'ai lu, ça marche, ça vous intéresse ? ne bougez pas, je vais vous lire l'article, c'est délicat à comprendre, vous m'arrêtez si vous avez des questions, imaginez l'envoi d'un message secret dont le porteur serait un grain de lumière, un photon nommé C.

Attention.

L'idée de l'expérience est que A, Alice, puisse lire le message porté par C sans avoir à le recevoir directement.

C'est là où ça se corse.

On lui donne un partenaire B, Bob, tous les deux ont la propriété d'être corrélés, en termes de mécanique quantique, ça veut dire que, quelle que soit la distance qui les sépare, le fait de mesurer les caractéristiques de l'un permet aussitôt de déterminer celles de l'autre.

Vous suivez ?

Bob reçoit le message C sans le comprendre, il est perturbé par cette opération et du même coup Alice, avec qui on a vu qu'il était étrangement lié, est aussi touchée.

Attention.

Tellement touchée qu'elle peut reconstituer un jumeau de C à partir des informations fournies par Bob.

Ça marche.

Je suis en morceaux.

Mes paupières sont lourdes, mes bras absents pè-sent une tonne, coma, etc., je localise un point du centre de moi, je cherche le point lumineux, le souvenir gravé, je fais le noir profond en écra-sant mes paupières, doucement, silhouette de craie sur gris, c'est là.

Ça marche.

On se choisit un espace aimé de départ X, un beau coucher de soleil, forêt de chênes au bout des rails, n'importe quoi, ce que vous aimez, on se garde cette image.

On rentre dedans, je suis dans mon champ à nous, c'est chez moi, clôture à droite, mur à gau-che, on s'installe, on peut se déplacer dans tous les sens, on bouge, on se désarticule, ça marche.

Je suis en volume dans l'exemple aimé.

On peut redescendre dans le noir en arrière, chercher les lumières au fond, grande pièce, hésitantes flammes sur mur, autour c'est noir, sauf des demi-visages, robes blanches pour accrocher lumière, choc d'assiettes et rires loin.

On va la chercher.

Je me développe très vite, je suis un fossile en mouvement, une fleur immédiatement fleurie, une pomme pourrie en accéléré, un ciel noirci déjà, une idée fixe en poussière, la maison est transparente, je suis le vase bleu sur l'étagère, la statuette de la vitrine, le tapis persan au-dessus du divan, la gravure de tour penchée au-dessus de la baignoire grise à pieds de lion.

Il neige.

Je suis dans mon sang, je bouge dans moi les yeux fermés, je suis dans l'intérieur transparent, je suis la maison déserte, la masse verte d'un square filtre les cris et le grincement des balançoires, la spirale boisée de l'escalier fait grimper tous les bruits jusqu'à la pointe de la maison, je touche de la main l'angle intérieur du toit, des images de bruits s'impriment lentement dans ma boîte obscure, j'y crois, j'y crois pas, j'y crois, c'est une invention, bonjour Mr. Machin, hello sur fond noir, le petit personnage sautillant qui dit bonjour, vrrr fait la machine.

Vrrrr.

On colle ensemble tout ce qui se passe, on visse, on cloue, on soude, ça tient, ça se déploie, ça va vite, défoncer les plafonds pour continuer plus haut, ça grimpe d'en bas, j'entends tout, je suis lié, je suis corrélé, mes roues dentées s'incrustent doucement dans la masse dehors, ça marche.

Vrrrr.

J'entends des mobylettes grimper le boulevard, des bourdons vrombissent au-dessus des immeubles, les lapins attaquent les troncs de noisetiers, il y a deux trois oiseaux par les fenêtres, un lapin colorié saute par-dessus les barbelés, un avion strie le ciel, des plantes grimpent.

On creuse un canal, on installe la chute d'eau, bord de pierre avec formules gravées, tête de lion qui pulse l'eau, poissons rouges, maillot de bain et en avant.

Ça va vite.

On calcule la vitesse idéale du courant, on fixe des herbes ondulantes, on déroule un décor de prairies ponctuées de très grands arbres au feuillage fin et dense.

Lumière naturelle.

Elle se déplie, elle se sépare de son décor d'avant, elle s'avance en accéléré hors de l'image d'avant, cigarette, marronniers en fleur, allez respire, elle se déplie, bouche parle, matin, action.

Vivante.

Lèvres humides et légèrement entrouvertes au ralenti, retour, réveil.

C'est à toi.

Je nage, ma tête fend le miroir d'eau, reste du corps englouti, je fends la pellicule, poudre de larves, miroir noir, je suis plus grande qu'avant.

Je nage.

Je suis l'eau, je suis d'un bloc, je n'ai pas peur, c'est fini, je reviens, j'arrive, poussière de nymphes, fleurs des haies, pellicule cendrée des minuscules morts abandonnés au courant, je chante, toute petite sur ciel blanc à l'envers, bras pliés, hop, dépliés, moteur.

Je nage.

C'est moi, je sais parler, idées en résumé, images simples, pensées en boule, une dizaine de tout petits arbres, voilà c'est ma forêt, quatre feuilles cette année, huit l'an prochain, ça ira comme ça, je décompose mes gestes dans l'élasticité du réservoir noir, brasse coulée entre les haies, je te présente mon corps, c'est moi, je fais la grenouille, je compose, je me décompose, j'avance.

Je nage.

Je remonte, les jours remontent, c'est déjà le matin, migration du bas, je me dirige, je reviens, hou-hou c'est moi, l'amie-sœur, nageoire déjà loin, off sous l'eau, corps jaune silure, nymphe des fontaines, teintée dans la masse verte de la mousse du puits, cheveux-herbes.

Au ralenti dans l'eau lente.

Le son sourd des lettres freinées par l'eau, j'agite les bras, j'agrandis les yeux pour dire Urgent, j'articule, voyelle, consonne, voyelle, pas de réponse.

Il ne comprend pas.

Je suis quelqu'un qui parlerait à un autre qui ne le reconnaît pas, hou-hou ? geste rapide de mains au-dessus de la tête pour dire Salut, doigt pointé sur la poitrine pour dire C'est moi, non, trop loin, trop de vent, séparés par une sorte de lagune qui couperait une plage en deux, petite robe, léger vent, matin, mais on a dansé ensemble, si, si, c'est moi, je crie son nom les mains en porte-voix.

Rien.

Il n'entend rien, désolé, geste de mains en l'air de chaque côté s'abattant lentement par saccades pour dire Je regrette, désolé, je ne vous reconnais pas du tout.

Bulles.

Je nage à l'envers du courant entre les nénuphars dont la tige mesure exactement la profondeur de l'eau, brasse coulée, tête sortant du miroir, pellicule cendrée, débris d'insectes, morceaux de feuilles, minuscules corps en poudre, je n'ai absolument pas peur, ma tête en rythme traverse le paysage, vitre de ciel nuages, il fait beau, la lumière est vraie, je chantonne entre les racines ondulantes, hou-hou c'est moi, je chante : viens dans l'eau douce, dolce vita, vita nova, c'est moi, coda, allez, encore une autre : je compose, je me compose, je me décompose, pause, elle est pour toi.

Je nage.

Message, j'agite les bras, je fais des lettres à la vitesse du son avec mon corps, stop, c'est moi, années-lumière après, vite plonge ici, viens pas peur, vite urgent, off sous l'eau, allez plonge.

Maintenant.

DU MÊME AUTEUR

Aux Éditions P.O.L

L'ART POÉTIC', 1988.

ROMÉO & JULIETTE I, 1989.

FUTUR, ANCIEN, FUGITIF, 1993.

LE COLONEL DES ZOUAVES, 1997.

RETOUR DÉFINITIF ET DURABLE DE L'ÊTRE AIMÉ, 2002 (Folio n° 4729).

14.01.02, CD : LECTURE DE RETOUR DÉFINITIF ET DURABLE DE L'ÊTRE AIMÉ, 2002.

FAIRY QUEEN, 2002.

UN NID POUR QUOI FAIRE, 2007.

Composition nord compo
Impression Maury Imprimeur
45330 Malesherbes
le 7 février 2017.
Dépôt légal : février 2017.
1ᵉʳ dépôt légal dans la collection : avril ,2008.
Numéro d'imprimeur : 215208.

ISBN 978-2-07-035666-9. / Imprimé en France.

315054